나를 채워가는 시간들

행복의 추억여행

나를 채워가는 시간들

초판 1쇄 발행 ㅣ 2017년 12월 29일

지은이 ㅣ 황상열
펴낸이 ㅣ 공상숙
펴낸곳 ㅣ 마음세상

주 소 ㅣ 경기도 파주시 한빛로 70 507-204

신고번호 ㅣ 제406-2011-000024호
신고일자 ㅣ 2011년 3월 7일

ISBN ㅣ 979-11-5636-189-3 (03810)

원고 투고 ㅣ maumsesang@nate.com

ⓒ황상열

* 값 12,800원

* 마음세상은 삶의 감동을 이끌어내는 진솔한 책을 발간하고 있습니다. 참신한 원고가 준비되셨다면 망설이지 마시고 연락주세요.

이 도서의 국립중앙도서관 출판예정도서목록(CIP)은 서지정보유통지원시스템 홈페이지(http://seoji.nl.go.kr)와 국가자료공동목록시스템(http://www.nl.go.kr/kolisnet)에서 이용하실 수 있습니다. (CIP제어번호 : CIP2017032403)

나를 채워가는 시간들

황상열 지음

마음세상

프롤로그_ 그래도 내 인생에 행복한 순간들이 있었다 … 8

휴대전화 없던 시절의 '약속' … 10

컴퓨터 게임 없던 시절의 '놀이' … 15

아버지가 사다주신 '간식' … 19

가지고 싶었던 장난감 … 22

덜컹거리는 기차 … 27

전학 가던 날 … 31

소통은 곧 만남이었던 시절 … 36

첫 학예회의 추억 … 40

나의 어릴 적 영화관이란? … 44

기억나시나요? 경양식 … 49

잊혀진 소풍 그리고 촛불의식 … 55

노래와 함께 했던 순간들 … 59

해부학에 대한 단상 … 63

치고 빠지던 야간 자율학습! … 68

싸우고, 터지고, 화해하고 … 73

아지와 함께 했던 시간들! … 77

짧지만 행복했던 여행의 추억! … 81

처음 맞이했던 비디오 게임 … 86

오락실의 추억 ··· 91

풋풋한 첫사랑! ··· 96

만화방, 그 찬란한 장소에서 ··· 100

응답하라! PC통신 ··· 105

사촌누나로 인해 처음 접해본 가요 ··· 108

당신이 잠든 사이에 ··· 112

아저씨! 뭐해요? ··· 116

아직도 운전수 찾으세요? ··· 119

아이러브스쿨을 아세요? ··· 123

나는 빠돌이였다! ① ··· 128

나는 빠돌이였다! ② ··· 131

풋풋한 20살! 사랑, 두려움, 기억 ··· 134

냉정과 열정 사이 ··· 138

아버지와 그리고 나 ··· 142

에필로그 ··· 147

그래도 내 인생에 행복한 순간들은 있었다

이제 불혹의 나이가 되었다. 백세 인생이라면 아직 절반도 채 살지 않았다. 지금까지 살아온 과정을 기억하고 정리하다보니 수많은 실패와 실수가 머릿속을 스쳐간다. 대학 졸업반 시절 취업을 위해 많은 기업에 지원했지만 다 실패하고 결국 작은 회사에서 처음 시작하게 했던 기억, 임금체불과 강하지 못했던 마음가짐과 서투른 감정조절로 여러 번의 이직을 하면서 어디에도 안착하지 못한 채로 방황했던 기억, 그래도 다시 새 직장으로 옮겨서 일을 하게 된 기억 등 수많은 실패와 좌절을 겪으면서 절망하기도 했다.

특히 5년 전 네 번째 회사에서 임금 체불로 인해 생활고에 시달리고, 나의 실수로 결국 회사에서 나오게 되었던 날이 내 인생에서 가장 힘들었던 기억이다. 가장으로서 역할이 끝났고, 사회생활 8년차에 4번이나 이직하였으니 더 이상 갈 직장도 없을 거라고 생각했다. 결혼한 지 4년째 되고 이제 큰 딸이 3살 때였다. 결혼하고 나서도 아내에게 잘해주지 못해서 늘 미안했다. 보이지 않는 미래가 불안했고, 지나간 과거는 내가 왜 그랬을까 후회가 가득했다. 그렇게 힘든 시간도 시간이 지나면서 내 나름대로의 노력과 시간 흐름에 맞기고 좋게 생각하다 보니 다시 좋은 일도 생기게 되었다.

이때의 실패담을 글로 써서 모아서 '모멘텀'과 '미친 실패력'이란 자기계발서를 냈다. 이 책을 통해서 실패도 긴 인생에서 볼 때 하나의 성장과정이라는 것을 말해주고 싶었다. 그러나 꼭 긴 인생에 실패만 있는 것은 아니라는 생각이 들었다. 그래도 지금까지 살면서 행복하고 즐거웠던 순간들이 있었기에 그 힘들고 실패했던 순간들을 잘 이겨낼 수 있었다.

사람 인생이 계속 안 좋은 일만 생기는 게 아니라 좋은 일도 늘 같이 수반된다. 사람들은 즐거운 순간보단 자기 힘들고 슬프고 좌절했던 순간이 오히려 기억을 많이 한다. 누구나 지난 인생을 돌아보면 자기가 한번쯤은 그래도 행복했던 순간들은 있을 것이다. 그것이 결혼이든 아이와의 첫 만남이든 여자친구를 처음 사귀어 보는 등 다 다르게 나타날 수 있지만 말이다.

나도 이 책에서 내가 행복하고 즐거웠던 순간들을 한번 이야기해보고자 한다. 그 기억과 추억을 통해서 앞으로 남은 인생에서는 더 행복했던 순간들을 많이 만들어보고 싶다. 그것조차도 내 인생에 있어서 소중하고 나를 채워주었던 시간들이기 때문이다. 이 책을 통해 힘들 때 잠시 한번 웃음을 짓고 즐거웠던 추억을 떠올릴 수 있다면 바랄 것이 없겠다.

끝으로 이 책을 쓸 수 있게 도와 주신 사랑하는 가족과 친구, 글사랑 분들에게 감사를 드리고 싶다.

2017. 11
저자 황상열

휴대전화 없던 시절의
'약속'

현재 내가 사는 시대는 스마트폰 하나면 걷거나 버스, 지하철을 타고 있어도 언제 어디서든 상대방에게 전화를 걸고 받으면서 이야기를 나눌 수 있다. 불과 1990년대 중반까지만 해도 집이나 사무실에 전화가 놓여 있어야 연락이 가능했다. 길거리에는 공중전화 부스가 있어서 급할 때 이용했다. 친구 또는 지인을 만나려면 무조건 집이나 사무실에 있는 전화를 이용해야만 했다.

초등학교 6학년 시절 서울로 전학 가기 전에 같은 반에서 나를 좋아했던 이성친구가 있었다. 나도 그녀에게 조금은 호감이 있었는지 서로 장난치면서 지냈다. 학창 시절에 호감이 가는 사람이 있으면 학교나 학원에서 직접 마주칠 때를 빼고 안부가 궁금할 때는 전화를 이용해야 했는데 참

불편했다. 그 이유는 전화를 하면 당사자가 받으면 다행인데, 꼭 부모님이 받거나 오빠, 언니 등 형제들이 받으면 내 소개를 할 때 참 떨려서 그냥 끊은 경험 때문일지 모른다.

그녀는 우리 집에 전화해서 부모님이 받으면 당당하게 내 친구라고 하면서 바꾸어 달라고 이야기를 했다고 한다. 그만큼 그녀의 성격이 활달하고 자신감이 넘쳤다. 이와 반대로 나는 할 말이 있는데

'어떻게 이야기해야 하지? 그냥 내일 등교해서 말할까?'

수십 번을 고민한 끝에 수화기를 든다. 한참을 버튼을 누를지 고민한다. 그렇게 한 시간을 보내고 드디어 그녀에게 전화를 걸었다.

"여보세요? ○○ 있나요? 같은 반 친구 황상열입니다."

"어! 나야! 웬일로 전화를 먼저 했어?"

"응, 그게……."

다시 말문이 막히고 어색한 침묵이 흐른다.

"뭐야! 할 말 없으면 학교 가서 이야기하자."

"어… 그래."

툭, 뚜뚜뚜뚜…….

딱 1분 걸렸다. 말한 거는 15초도 안 된다. 한 시간을 망설이고 기다리다 결국 수화기를 들고 전화를 했는데…. 끊고 나서 한숨만 나오고 어디 쥐구멍에 숨고만 싶었다. 사실 시험공부 범위만 물어보려고 전화했는데 허무하게 끊고 나니 그녀의 목소리가 다시 듣고 싶어졌다. 그때 처음 알았다. 누군가에게 호감이 가면 자꾸 생각나고 안부가 궁금해지는 그런 느낌을 말이다. 그 이후 A형 특유의 소심한 성격에 다시 전화는 하지 못했

다.

그렇게 시간이 흘러서 대학에 들어왔다. 신입생 시절에는 연락수단으로 삐삐라고 하는 무선호출기가 유행이었다. 상대방 삐삐 번호로 전화를 걸어서 거기에 음성메시지를 남기면 다시 전화로 듣는 형식이었다. 저녁에 친구들을 만나기 위해 번화가를 나가게 되면 늘 장소 확인 등을 위해 먼저 찾는 게 공중전화였다. 미리 언제 어디서 만나자고 약속을 정했는데도 늦게 오거나 빨리 오는 경우가 생기면 다시 연락을 하는 일이 비일비재했다.

그 당시 대학 동기들과 제일 자주 만났던 장소가 종로, 신촌과 대학로였다. 신촌에 〈옥ㅇㅇㅇ〉라는 술집이 학생들에게 인기였다. 지금 술집에 가면 나오는 모듬 안주가 딱 10,000원에 성인 10인분이 먹어도 남을 양이 나왔다. 그거 하나를 시키면 남은 건 술만 마시면 되니 한 사람이 10,000원씩만 걷어도 술값은 조금씩 남았다. 1학년이 끝나가는 어느 겨울날도 여느 날과 다를 것 없이 친한 동기들과 신촌에서 약속을 잡았다. 그리고 아래와 같은 메시지를 삐삐로 먼저 연락했다.

"12월 ㅇ일 토요일 6시 신촌역 2번 출구에서 만나자!"

그렇게 알고 약속한 날이 다가왔다. 시간을 맞추어 지하철을 타고 신촌역에 도착했다. 역에 도착했는데 그날따라 배가 너무 아팠다. 화장실로 얼른 가서 볼일을 보고 나와도 배가 아파서 몇 번을 들락날락했다. 그때 삐삐도 계속 울리고 있었다. 친구들이 치는 삐삐였다. 나는 친구들도 도착했겠구나 생각하고 대수롭게 여기지 않았다. 천천히 내 볼일을 보고 화장실을 나오는데도 계속 삐삐가 울렸다. 나는 약속시간에 늦지도 않게 왔는데 자꾸 울리는 삐삐에 짜증이 나기 시작했다.

화장실에서 나와 공중전화를 찾아서 메시지를 들었다. 메시지가 12개 나 와 있었다. 세상에!

"상열아! 너 어디야? 늦잠 잤냐? 아니면 어제도 술 밤새 마시고 안 온 거 야?"

"상열아! 왜 안 오냐? 네가 약속 장소를 잡아놓고……. 너 어디야?"

"상열아! 어디냐?"

하나같이 나보고 어디 있냐고 묻는 메시지 밖에 없었다. 음성메시지에서 들려오는 친구들 목소리는 화가 많이 난 듯한 느낌이다. 나는 거꾸로 그 중에서 친한 동기에게 대표로 메시지를 남겼다.

"무슨 소리야? 나 제 시간에 와서 기다리고 있는데……."

그러자 친구들이 하나같이 메시지로 나보고 바보라고 놀린다. 귀도 먹고 잘 듣지 못한다고 구박한다.

"신촌이 아니고 신천역이라고! 잠실 옆에…."

순간 내 귀를 의심했다. 그 당시 나는 서울에서 중고등학교를 나왔지만 신촌역이 하나 밖에 없는 줄 알았다. 신촌과 신천……. 발음이 한 끗 차이다. 내 귀가 먹었나 싶었다. 친구들은 다 신천으로 가 있는데, 나만 신촌역으로 온 것이다. 신촌역과 신천역… 2호선으로 1시간 내외로 더 걸린다. 그 상황에 지금처럼 휴대전화만 있었어도 공중전화를 붙잡고 삐삐를 듣고 치는 시간을 충분히 줄일 수 있었다고 생각한다. 나는 다시 신천역으로 가서 몇 번의 메시지를 듣고 나서야 친구들을 만날 수 있었다. 그래도 삐삐를 듣고 치고 하는 그 아날로그적인 느낌이 참 좋았다. 지금은 바로

문자를 보내거나 통화를 할 수 있어서 편리하지만 그 기다리는 애틋함은
덜한 거 같다. 휴대전화가 없던 시절의 약속은 지금 돌이켜보면 참 애틋
하고도 행복했던 기억이 많다.

컴퓨터 게임 없던 시절의 놀이

채를 감아 던지면 꼿꼿하게 서서
뱅글뱅글 뱅글뱅글 잘도 도는 팽이
팽이하고 나하고 한나절을 놀고
팽이 따라 뱅글뱅글 나도 돌며 놀고
채를 감아 던지면 꼿꼿하게 서서
뱅글뱅글 뱅글뱅글 잘도 도는 팽이
팽이하고 나하고 한나절을 놀고
팽이 따라 뱅글뱅글 나도 돌며 놀고

팽이치기, 미국 민요

지금은 스마트폰으로 출퇴근길이나 쉬는 시간에 게임으로 시간을 보낸다. 초등학교 1학년 때 전자오락실을 처음 경험하고, 5학년이 되고 나서 아버지가 사준 첫 비디오 게임기를 접하기 전까지 나도 친구들과 놀이터에서 해질 때까지 놀았다. 봄과 가을에는 공놀이를 즐겼다. 특히 축구를 좋아해서 체육시간이나 수업이 마치자마자 친구들과 공을 차고 뛰어 놀았다.

사실 축구보다 달리기를 더 좋아했는데, 지금도 가끔은 머리가 아플 때마다 전력질주로 50m 정도를 달린다. 뛰고 나면 몸과 마음이 편해지고 기분이 좋아졌다. 등하굣길에도 늘 혼자 있으면 뛰어다녔다. 달리는 것이 좋다보니 자연스럽게 공을 차면서 축구와도 친해졌다. 가을이 오면 운동회도 기다려졌다. 누구랑 달려도 이길 자신이 있어서 빨리 달리기 시합을 했으면 하는 바램도 있었다.

초등학교 3학년 시절 나보다 빠른 친구가 있었다. 키는 나보다 조금 작은 편이었지만 그 친구와 100m 달리기를 하면 늘 간발의 차로 졌다. 운동회 달리기 시합에서 1등으로 코스를 뛰면 마지막 결승선에 흰색줄을 통과하게 된다. 그때 느껴지는 쾌감이 참 좋다. 이제까지 내가 이 흰색 줄을 통과해서 들어왔는데, 나보다 빠른 친구가 나타나니 기분이 좋지 않았다. 1등을 하면 공책 3권, 2등은 2권, 3등은 1권으로 부상을 받았다. 계속 3권을 받다가 2권을 받으니…… 반드시 그 친구를 이기기 위해서 무슨 방법이라도 찾아봐야 할 것 같았다.

누군가가 운동화를 신지 않고 실내화를 신고 뛰면 신발이 가벼워서 더 잘 달릴 수 있을 거라고 했다. 그 말을 듣고 실내화를 신고 뛰었지만 그 친구도 똑같은 방식으로 달리니 이길 수가 없었다. 4학년이 되고 나서도 그 친구와 달리기를 하게 되면 분명히 지는 것은 자명한 사실이었다. 다른 조에 편성하고 싶어도 키순으로 하다 보니 다들 고만고만한 수준이라 같은 조에 편성될 수밖에 없었다. 마음을 비웠다. 운동회 날이 되었다. 그런데 이상한 일이 일어났다. 그 친구가 운동회 당일 날 학교에 아파서 못왔다. 기뻐해야 할지, 울어야 할지 난감한 상황이다. 결국 나는 무난하게 그 친구 없이 달리기에서 1등을 하면서 공책도 3권을 부상으로 받았다. 아무도 모르는 나만의 달리기 이야기이다.

구슬치기와 팽이치기도 많이 했다. 구슬치기는 보통 작은 색유리 구슬로 원을 그려놓고 안에 친구들의 구슬을 쳐서 밖으로 나오면 가져가는 룰의 게임이다. 보통 일본어로 다마치기라고도 하여 구슬을 모아서 친구들과 비교를 하기도 했다. 구슬도 종류가 많아서 가끔 친구들이 왕구슬을 가지고 와서 작은 구슬을 내려치면 깨지는 상황도 많이 발생했다. 나도 아버지를 졸라 많은 구슬을 문방구에서 사서 주머니에 넣어갔던 기억이 있다. 구슬마다 색깔도 틀리고, 화려한 무늬도 많았다. 구슬을 일렬로 세워놓고 하나하나 살펴보다가 잔 적도 많다.

한번은 놀이터에서 원을 그어놓고 구슬치기를 하는데, 한 무리의 형님들이 와서 왕구슬로 우리 구슬을 다 박살낸 적이 있었다. 한참 내가 잘 모아놓은 구슬이 깨지는 걸 보니 정말 마음이 아팠다. 그 형님에게 가서 따질 용기도 없었다. 나중에 그 형님들이 가고 깨진 구슬을 보면서 내 마음도 산산이 부서지고, 그 형님들을 만나면 나도 그분들의 구슬을 깨고 싶었다. 그러나 그 뒤로 놀이터에서 그 형님들을 본적은 없었다.

참으로 다양하게 구슬을 가지고 놀았던 것 같다. 원을 그려놓고 밖에서 구슬을 쳐서 나가는 것을 다 가져가는 일반적인 룰을 제외하고, 일대일로 구슬을 원에 넣고 상대방의 구슬을 밖으로 밀어내는 놀이, 금을 그어놓고 굴려서 그 금에 가장 가까이 가는 사람이 가져가는 놀이 등 수없이 변환하여 놀았던 기억이 난다. 아마 동네별로 구슬치기도 그 종류가 다양했으리라 생각된다.

팽이치기도 많이 했었다. 문방구에서 파는 여러 종류의 팽이를 구매하여 줄에 감아 서로 돌리던 기억이 난다. 팽이를 돌려서 서로 누가 오래 버티는지 내기도 했지만, 그것보다 더 즐겼던 것이 상대방의 팽이를 내 팽이로 던져 부딪치게 하여 멈추게 하는 놀이를 더 즐겼다. 팽이를 돌리기 위해서 일단 줄을 팽이에 감아야 하는데 회전력을 더 주기 위해서는 느슨하게 감지 않고 팽팽하게 감아야 했다. 그래야 나중에 줄을 감고 팽이를 던졌을 때 세게 돌아갈 수 있었고, 서로 팽이를 부딪혔을 때 쉽게 멈추는 역할을 했다.

사실 나는 운동 신경이 그다지 좋지 않았다. 달리기와 축구할 때 조금 두각을 드러냈을 뿐이다. 팽이를 줄에 감아 던져야 하는데 잘 못 감아서 친구들과 같이 팽이를 돌리면 혼자 못 돌린 적이 많았다. 이상하게 이런 놀이에는 약해서 친구들이 서로 팽이를 부딪혀서 멈추게 하거나 부시는 모습을 구경한 적이 더 많았다.

겨울이 되면 눈을 맞으면 눈싸움도 많이 했다. 지금도 가끔 눈이 오지만 예전처럼 땅에 쌓이지 않지만, 그 시절의 눈은 한번 내리면 긴 신발을 신어야 할 정도로 많이 쌓였다. 겨울에 태어나서 그런지 난 눈이 오는 날을 참 좋아했다. 혼자 장갑을 끼고 나가서 눈을 뭉쳐서 던지기도 했다. 친구들을 모아 편을 짜서 서로 영역을 정해놓고 그 안에서 숨어서 눈싸움을 하여 한명씩 제거하는 놀이도 즐겨했다. 정말 눈을 잘 뭉쳐서 잘못 몸에 맞으면 멍이 들기도 했다.

지금은 어린 친구들이 pc방에 모여서 컴퓨터 게임을 서로 즐겨 하곤 한다. 시대가 변했다고 하지만 내가 어린 시절에 밖에서 뛰어놀면서 구슬도 치고 팽이도 돌리면서 자연스럽게 몸을 움직이는 운동도 되었다. 가끔 인사동이나 어릴 때 아직 있는 문구점에 가면 팽이나 구슬이 보이는데, 가끔 옛날 생각이 많이 난다. 구슬 하나, 팽이 하나만 있어도 참 즐겁게 놀던 그 시절로 다시 한 번 돌아가 보고 싶다.

아버지가 사다주신 '간식'

두손 짝~ 소리 없이 짝~
맛있는 간식~ 감사합니다~
잘 먹겠습니다~
선생님 먼저 드셔 보세요~
친구들아 맛있게 먹자!
잘 먹겠습니다.

둘째 아이가 어린이 집에서 간식 먹기 전 부르는 노래

가끔은 퇴근길에 아이들에게 사줄 간식을 사가지고 집에 들어간다.

여름엔 아이스크림 등과 같은 시원한 간식, 겨울에는 따뜻한 호빵, 봄
과 가을에는 떡볶이나 튀김 같은 분식류 등을 가지고 말이다. 큰 딸은 떡
볶이나 튀김을 좋아하고, 작은 아들은 고기나 과자류를 좋아한다. 둘이
먹는 모습을 볼 때마다 어릴 때 나도 아버지가 사온 간식을 맛있게 먹은
추억이 떠오른다.

여느 아버지도 자기 자식을 다 사랑하겠지만, 아버지도 어린 시절 나와
여동생을 많이 아끼셨다. 퇴근 후에 맛있는 음식도 많이 사오셨다. 그 시
절에도 떡볶이, 순대, 튀김 등 분식류와 치킨 같은 음식이 서민음식으로

인기가 많았다. 자장면과 탕수육도 인기메뉴 중의 하나였다. 가끔은 과자도 사 오셔서 숙제할 때나 만화책 볼 때 하나씩 꺼내어 먹던 소소한 추억도 떠오른다.

얼마 전에 보았던 영화 '택시운전사' 초반부에 택시운전을 마치고 집에서 혼자 기다리고 있는 딸에게 간식을 사 가지고 가는 장면도 나온다. 그 장면을 보면서 지금 내 나이였던 아버지가 사오던 간식이 오버랩되었다. 내 친구 아버지도 주중엔 택시를 모시고, 주말에는 트럭으로 행상을 하셨다. 가끔 그 친구 집에 가서 늦게까지 놀 때가 가끔 있었다. 친구 아버지께서 일을 마치고 돌아오시면 늘 양손 가득히 친구가 먹을 간식거리를 사오셨다. 술 한잔하셨는지 얼굴이 붉어진 친구 아버지는 나에게도 빵 하나를 건네시면서

"오늘도 놀러왔구나. 늘 우리 K와 놀아주니 고맙구나. K가 친구가 많이 없었는데…."

하시면서 머리를 쓰다듬어 주셨다. 그 얼굴을 쳐다보는 나는 그 시절에는 술 냄새가 싫어서 빠져나오려고 했다. 지금 생각해보면 친구 아버지도 이 힘든 사회를 버티시며 돈을 벌고 친구를 키우시는지 그 스트레스도 상당히 많았으리라. 주름이 많지만 인자하신 친구 아버지 덕분에 그 친구 집에 놀면서도 참으로 많은 간식을 먹을 수 있었다.

내 아버지도 술을 거의 드시지 않고 집과 직장만 왔다갔다 하시는 평범한 사람이다. 오래전 기억이지만 겨울 날 아버지가 술 한 잔 하시고 호빵을 사가지고 오신 것 같았다. 어릴 때도 아버지가 오시길 많이 기다렸던 나와 여동생은 그만 늦은 밤에 아버지가 오시는 것을 못 보고 잠이 들었

다. 잠깐 잠이 깼을 때 어머니가 아버지가 들어오시는 것을 보고 문을 여는 소리가 들린다.

아버지 손에 호빵이 든 비닐봉지가 있었다. 아버지는 자고 있는 우리를 깨워서 하나 주고 싶은 마음이 드셨나 보다. 호빵 하나를 꺼내어 내 볼에 하나를 가져다대셨다. 그 감촉을 느꼈지만 나는 자는 척 했다. 아버지는 인기척이 없으니 어머니의 잔소리에 옷을 갈아입으러 가신다. 호빵은 하나 떨어져 있다. 다 나가시고 냅다 일어나서 한 입 배어먹었다. 호빵 안에서 팥과 함께 먹는 그 느낌은 지금도 잊을 수가 없다.

아버지가 사오시거나 배달로 시켜먹은 간식 중에 참으로 많았던 메뉴가 치킨이다. 지금도 브랜드를 유지중인 페리카나에서 양념치킨이나 후라이드 치킨에 콜라로 먹는 그 느낌은 정말 최고였다. 나는 양념치킨을 좋아하고, 다른 가족들은 후라이드 치킨을 좋아하다 보니 반반씩 시켜서 먹곤 했다.

지금 나이가 되어보니 아버지도 나를 키우기 위해 회사 조직에 일을 하시면서 힘들게 돈을 버셨는데, 본인 용돈에서 남는 돈을 모아 나와 동생을 위한 간식도 자주 사 오시는 모습에 지금은 정말 감사하게 느껴진다. 성인이 되어 나도 아이를 낳고 키우기 위해 아버지와 같은 세대가 되어보니 정말 그 간식 하나에도 아버지의 깊은 사랑이 느껴진다. 거꾸로 이젠 내가 아버지께 약주와 족발이라도 하나 사서 찾아뵈어야겠다. 아들이 사주는 간식을 보고 아버지는 어떤 기분이 드실지 궁금하다.

가지고 싶었던 장난감

장난감을 가지고 놀자 로보트 가지고 놀아 보자
칙칙폭폭폭 기차 장난감 공룡 장난감도 좋아요

장난감이 너무 좋아요 친구들과 함께 놀아보자
삐용뿅뿅뿅 레이저 쏘고 경주 자동차도 굴리자

장난감을 가지고 놀자 로보트 가지고 놀아 보자
칙칙폭폭폭 기차 장난감 공룡 장난감도 좋아요

장난감이 너무 좋아요 친구들과 함께 놀아보자
삐용뿅뿅뿅 레이저 쏘고 경주 자동차도 굴리자

동요 장난감 중에서

아이를 키우는 아버지 입장이 된 지금 가끔 아이들에게 장난감을 사주
곤 한다. 큰 딸은 역시 여자아이라 디즈니 프린세스와 리틀미미등 여자
인형을 가지고 놀거나 레고 프렌즈 시리즈(미국 여자 고등학생 5명이 가
상도시에서 살아가는 스토리)를 좋아한다. 작은 아들은 또 남자아이답게
로봇 시리즈나 미니카를 좋아한다. 나도 어릴 때 미니카와 블록놀이를 좋
아했다. 초등학교 1학년 때 처음 받아본 크리스마스 선물이 레고 블록이
었다. 그때까지 정말 나는 자고 있으면 산타클로스가 양말 안에 선물을
넣어주고 가는 줄 알았다. 8살이 되도록 그토록 순진했었다니 지금 생각

해도 웃음이 난다.

레고블록을 좋아하던 나는 아버지에게 시험을 잘 보면 블록을 낱개로 사달라고 졸랐다. 아버지는 그런 나의 요구에 결과가 좋으면 늘 들어주셨던 걸로 기억한다. 특히 레고블럭 중 중세시대 배경으로 한 성 시리즈를 좋아했다. 말을 타고 칼을 들고 있는 흑기사와 활을 들고 있는 병사들을 가지고 그 시대를 상상하면서 전쟁놀이를 하는 게 정말 재미있었다. 아마도 이게 커서 판타지 소설과 영화를 좋아하게 했던 계기가 되지 않았나 싶다.

한번은 친구가 가지고 있던 성시리즈 블록이 부러웠다. 상당히 큰 사이즈로 나온 블록으로 성을 지으면 내 앉은 키만큼 되었다. 친구들이 몇 명이서 팀을 나눠 전쟁놀이를 하던 기억이 난다. 저 성 블록을 가지고 싶어서 부모님을 졸랐다. 웬만하면 잘 조르지 않는데 그 성 시리즈는 정말 가지고 싶었는지 밤에 잠을 자면 꿈에서 나올 정도였다. 그러나 결국 그 성은 내 손에 가질 수 없었다.

또 난 요리놀이 장난감을 좋아했다. 가스레인지 모양의 장난감이 진짜 레버를 돌리면 불이 나오는 것처럼 빛이 나는 게 신기했다. 양배추 · 감자튀김등 음식 모형을 가지고 직접 요리사가 된 것처럼 요리하여 친구와 여동생에게 대접하곤 했다. 지금도 아이들과 요리도구를 가지고 놀면 그때의 기억이 생생하게 떠오른다. 그런데 실제 요리는 밥하기, 라면 끓이기 등을 제외하곤 못한다. 요리놀이를 좋아했는데 실제 요리에 소질은 그다지 없었던 것 같다.

초등학교 2학년 때 처음으로 학교에서 컴퓨터를 배웠다. 베이직 프로그램을 방과 후에 선생님께서 알려주셨는데, 처음에 너무 신기하면서도 재미있었다. 그 당시 썼던 컴퓨터가 아이큐 2000이었다. 대우에서 만든 컴퓨터였는데, 처음 접했던 비디오 게임기인 재믹스와 연동이 되었다. 재믹스 게임이 참 재미있던 게임이 많았는데, 88 서울올림픽을 배경으로 했던 올림픽 게임을 정말 즐겨했다. 아이큐 2000 키보드 위에 올림픽 게임팩을 연결하여 컴퓨터로도 흑백화면으로 게임을 즐기기도 했다.

그 당시 학교 앞에 재믹스 게임팩을 일주일간 빌려주고 게임을 즐긴 후 다시 반납하는 문방구가 있었다. 그 문방구에 갈 때마다 온갖 종류의 게임팩이 앞에 진열되어 있었는데, 정말 다 해보고 싶었다. 그러나 9살 어린 아이에게 그림의 떡이었다. 부모님께 말을 해봐야 또 혼날까봐 말도 꺼내지 못했다. 그래도 너무 하고 싶어서 잠을 못 이루는 날이 많았다. 고민을 하다가 정말 해서는 안될일을 하게 되었다. 어느날 공책을 사러 문방구에 갔는데, 아저씨가 계시지 않았다. 순간 저 팩을 잠깐 빌린다고 생각하고 게임팩 한 개를 몰래 가져나왔다. 가슴이 두근두근거렸다. 게임이 너무 하고 싶어 그만 도둑질을 하게 된 것이다!

양심에 찔렸지만 게임을 하고 싶은 유혹이 더 커서 결국 나는 그 게임팩을 가지고 학교 컴퓨실로 향했다. 게임팩을 컴퓨터에 연결하여 미친 듯이 했다. 처음하는 게임이니 작동법도 몰랐지만 올림픽 게임을 하던 식으로 버튼을 찾아서 나름대로 시행착오를 겪다가 결국 재미있게 즐겼다. 그렇게 즐기고 가방에 몰래 게임팩을 넣고 귀가했다. 나중에 후폭풍은 생각하지 못했지만, 그래도 불안해서 잠을 이룰 수가 없었다. 그렇게 일주일을 미친 듯이 시간만 나면 학교 컴퓨터실로 향하여 게임을 즐겼다.

몰래 가지고 날부터 딱 일주일째 되는 날이다. 그 전날부터 잠을 자지 못했다. 부모님한테 걸리면 이제 죽은 목숨이다. 문방구 주인 아저씨는 나를 신고할 것이다. 지나고 나니 너무 후회가 되고 무서웠다. 그래도 학교에는 가야해서 수업을 듣고 하교길에 문방구에 아저씨가 없으면 조용히 놓고 나올 생각도 했다. 문방구에 갔더니 주인 아저씨가 그날따라 계속 앉아 있었다. 아무래도 어머니께 이야기를 하는 편이 낫겠다고 생각하고 집으로 갔다. 저녁 준비를 한창 하고 계셨던 어머니 앞에서 어떻게 말을 해야할지 무서웠다.

"엉엉엉! 엄마, 잘못했어요. 한번만 용서해 주세요! 엉엉엉!"

어머니를 보자마자 나는 울면서 그 말부터 나왔다. 일부러 불쌍한 척하려고 그런 것은 절대 아니다. 9살 아이가 그런 생각을 했다는 것 자체가 어불성설이다. 정말 어머니한테 혼날까봐 울면서 잘못을 빌었던 것 같다. 깜짝 놀란 어머니가 무슨 일이냐고 물어보셨다. 자초지종을 설명하면서 정말 죽을 죄를 졌다고 무릎 꿇고 어머니에게 빌었다. 어머니는 처음에 너무 놀라셨지만 이야기를 듣고 나를 데리고 그 문방구에 가셨다. 나는 너무 무서워서 문방구 안에 들어갈 수가 없었다. 다행히도 어머니 혼자 문방구에 들어가서 주인아저씨께 용서를 구하셨다. 너무 죄송했다. 내가 잘못해서 어머니가 욕을 먹겠구나 라고 생각했다.

"괜찮습니다. 안 그래도 한 개가 없어져서 누가 가져갔다고 생각했는데, 이렇게 찾아서 다행이네요. 하지만 아드님 손버릇이 나쁜 건 고쳐야 하실 것 같습니다."

어머니도 우시면서 감사하다고 나오셨다. 그 모습을 보고 이제 집에 가면 '난 죽겠구나.'라고 또 겁을 먹었다. 엄청난 일을 저질렀으니 당연히 그에 상응한 책임을 져야 하는 게 맞다고 생각했다. 그러나 집에 돌아가서 어머니께서 조용히 다 잘 해결되었으니 괜찮다고 말씀해 주셨다. 부모님께는 정말 죄송하다는 마음만 들었다. 다시는 이런 일을 하지 않으리라 다짐하면서 오랜만에 숙면을 취할 수 있었다.

성인이 된 지금은 언제든지 마음만 먹으면 가지고 싶은 장난감은 살 수 있다. 하지만 어린 시절에 그렇게 가지고 싶었던 장난감의 추억은 잊을 수가 없을 것 같다. 그 시절엔 그렇게 가지고 싶어 했던 장난감을 가지고 있으면 온 세상의 행복이 다 나에게만 있는 것같이 느껴졌다. 다시 그런 행복감을 느껴볼 수 있을까?

덜컹거리는 기차

지금은 KTX와 SRT 등 고속열차를 타고 3시간이면 서울에서 부산까지 갈 수 있다. 하루 만에 부산까지 갔다가 다시 일을 보고 돌아올 수 있다. 5년 전에 여러 회사가 모여 부산 신항 개발 프로젝트를 진행시 한 일원으로 참가했는데, 일주일에 2~3회 정도를 부산항만청으로 회의를 다녀와야 했다. 이때 실감했던 것이 위에 언급한 고속열차였다. 아침 6시 기차를 타고도 10시에 있는 부산 항만청 회의에 참석이 가능해진 것이다. 다시 회의를 마치고 점심을 먹고 사무실에 와도 5시 정도 되었으니 정말 기차도 예전에 비하면 많이 빨라졌구나 생각이 들었다.

지금도 어릴 때 자주 이용했던 새마을호와 무궁화호 기차는 다니고 있다. 고속열차에 비교해서 이젠 완행열차가 되었지만 그래도 근거리 여행이나 출장 시 자주 이용하곤 한다. 얼마 전에 천안과 대전에 계시는 친한 지인분들을 만나러 갈 때는 오랜만에 무궁화호를 타고 이동했다. 좌석에 앉았는데 참 어릴 때 많이 탔던 기차라 그런지 친근하고 정겨웠다.

아버지의 고향이 경북 영주이다. 거기에 할아버지와 큰아버지 등 친척이 다 거기에 사셨다. 아버지 홀로 서울에 유학을 와서 도시에 정착하셨다. 형제분들 중에 유일하게 고모를 제외하고 서울에서 살고 계시는 아버지다. 시골 큰집에 가기위해서는 기차를 타고 가야 했다. 청량리역에서 영주역까지 가는 중앙선 철도를 이용해야 갈 수 있었다. 어릴 때 내가 살던 집이 광명시라 청량리역까지 지하철 1호선을 이용하였다. 지금 다니는 지하철도 노선이 9개, 지선 등으로 다양했지만 그때는 1호선은 다니면서 2~4호선이 개발되는 시점으로 기억한다.

그때의 지하철도 지나갈 때마다 덜컹거렸다. 광명에서 청량리역까지 가려면 개봉역에서 출발해야 했다. 개봉역에서 남영역까지 구간은 지상 구간이고, 다음 서울역부터 청량리역까진 지하구간이었다. 지상을 지날 때는 전철이라 하기도 했고, 지하를 지날 때는 지하철이라 부르기도 했다.

청량리역에서 내리면 다시 시골로 가는 중앙선행 무궁화호로 갈아탔다. 중앙선은 청량리역을 출발하여 양평역, 원주역, 제천역, 단양역, 풍기역을 거쳐 영주역에 도착한다. 다시 영주에서 안동으로 이어지는 철도였다. 플랫폼에 기다리고 있는 기차를 처음 탔을때는 정말 기대가 되고 신났다. 기차가 출발하면서 보여지는 풍경들이 내 눈에 들어올 때는 감탄했다. 태어나서 책으로만 보던 풍경들을 실제로 봐서 그렇지 않을까 싶다. 창문에 눈을 떼지 못하는 나를 보고 부모님은 그렇게 신기하냐고 하시면서 웃으셨다. 지금 내가 우리 아이들이 처음 전철과 기차를 타면서 신기해하던 모습을 웃으면서 보다 보니 어릴 때 내가 그랬던 추억들이 새록새록했다.

시간이 되자 경적을 울리면서 기차가 출발한다. 아버지, 엄마, 나, 동생 이렇게 4명이 좌석을 마주보면서 앉아 있다. 어린 나이라 당연히 몸집이 작았으니 자리도 상당히 커 보였다. 이런저런 이야기를 나누다가 각종 음료수와 과자, 음식 등을 싣고 지나가는 카트가 지나간다. 그것도 처음 보고 신기했다. 엄마가 잠깐 카트를 불러 세웠다.

"뭘 먹고 싶니? 기차에서 먹는 음식은 다 맛있단다."

엄마가 나를 보고 물어보신다. 다 처음 보는 거라 무엇을 먹어야할지 고민되었다. 사실 거기 있는 모든 음식을 먹고 싶었다. 선뜻 대답을 못하자 엄마가 직접 몇 개를 골라주셨다. 요새 맥주 안주로 먹는 맥반석 오징어, 달걀과 음료수를 골라주셨다. 김밥은 엄마가 싸 오신 것을 같이 먹기로 했다.

맥반석 오징어 봉지를 뜯어서 엄마가 먹기 좋게 잘라서 올려주셨다. 하나를 집어들어 맛을 본다. 신세계다. 입에 착착 붙어서 먹는 느낌이 너무 좋았다. 목에 있는 오징어를 삼키자마자 또 집어들어 먹는다. 계속 손이 간다. 어느새 나와 동생은 오징어를 다 먹었다. 지금도 가끔 혼자 출장길에 기차를 타게 되면 오징어는 꼭 한 번씩 사먹는다. 처음 먹었던 그 맛을 못 잊고 중독되었던 것 같다. 그런데 집에서 이 오징어를 먹으면 맛은 있지만 기차에서 먹던 그 맛이 나진 않는다. 역시 집 밖으로 나가면 무슨 음식이든 맛있게 느껴지기 마련인가 보다.

무궁화를 타고 가다 보면 몇 번씩 덜컹거리기도 했다. 철로가 합쳐질 때나 분리될 때 그 덜컹거리는 소리가 참 정겨웠다. 자동차보다도 안전하고 편안하게 갈 수 있고, 길게 늘어선 열차가 달려 나가는 모습도 어릴 때는 신기했다. 무궁화호보다도 더 느리게 가고 모든 역마다 섰던 통일호, 비둘기호도 있었다. 이젠 이 무궁화호가 비둘기호처럼 가장 느린 열차가 되었지만 말이다. 그렇게 3시간 정도를 달려서 영주역에 도착하면 시골 큰집에 도착한다.

군복무 시절에도 자주 기차를 이용했다. 청주에서 서산으로 전출을 간 후 홍성역에서 서울역으로 무궁화호를 자주 이용했다. 나를 면회하러 와주는 지인들도 그 열차를 이용했다. 한때 죽고 못 살았던 예전 인연도 무궁화호를 타고 왔던 추억도 있다.

일 때문에 지금도 지방출장이 잦은 편이다. 지방출장을 갈 때마다 기차를 타고 자리에 앉으면 예전 기억들이 많이 떠오른다. 나에게 기차는 덜컹거리지만 어릴 때 신기한 경험을 하게 해 준 마법의 수단이었다. 그리고 젊은 시절에는 아름다운 청춘의 추억이자 낭만이었다. 지금은 속도는 빨라져서 어디를 가든 빨리 갈 수 있지만 예전과 같은 낭만은 많이 없어진 느낌이다. 다시 한 번 간이역마다 쉬어가는 예전 기차를 타고 달려보고 싶다.

전학 가던 날

결혼 전까지 30년 가까이 살았던 경기도 광명시……. 지금도 부모님과 여동생은 여기에서 살고 있다. 결혼하고 나서 아내가 사는 지금 이 동네로 오고나서 한 두달에 한 번씩 본가에 가곤 한다. 지금도 친한 친구나 지인들은 광명에 살고 있다. 역시 멀리 살게 되니 자주 못 만나는 게 미안할 뿐이다.

나는 초중고등학교는 인근 서울에서 졸업했다. 사실 정확히 말하면 초등학교 때 서울로 한 번 전학을 갔다. 아버지가 서울로 전학을 가야 더 잘될 수 있다는 한마디에 광명에서 잘 다니고 있다가 갑자기 가게 되었다. 초등학교 6학년 1학기를 마치고 여름방학이 얼마 되지 않을 때였다. 어머니는 굳이 잘 다니고 있는데, 왜 서울로 보내야 하냐고 반대했다. 그러나 아버지의 뜻은 완고했다. 서울로 무조건 유학을 가야 더 좋은 교육을 받고 명문대에 갈 수 있다는 주장에 결국은 어머니도 뜻을 굽힐 수밖에 없었다.

사실 나도 정말 전학을 가기가 싫었다. 다만 그 당시 학교에서 공부를 좀 잘했던 친구들이 먼저 인근 서울에 있는 초등학교로 전학을 갔다. 그 소식을 들으신 아버지는 처음에는 긴가민가하다가 뜻을 굳히신 것으로 보였다. 6학년 1학기 여름방학식을 하는 날 나는 친구들에게 작별인사를 했다. 오랜 시간을 함께 했던 친구들과 헤어지는 것이 정말 슬펐다.

그 당시 광명에서 다니던 초등학교는 우리 학년 반이 3반밖에 되지 않았다. 내가 초등학교 2학년 때 새로 지은 학교로 옮기게 되었다. 인근 학교에서 1학년만 마치고 한창 공사 중인 새 학교로 오면서 교실이 없다보니 3반만 모집한 것으로 기억한다. 그 마저도 교실이 부족하여 3학년을 마칠 때까지 오전, 오후반으로 나누어 수업을 진행했다. 3반이다 보니 학생 수가 많지가 않아서 학년이 올라가서 반이 바뀌거나 해도 다 아는 사이가 되어 더 친해졌다. 이 친구들과는 기쁘고 슬프고 웃지 못할 추억도 많았다.

그러던 친구들과 갑자기 헤어지는 것이 너무 마음이 아팠다. 또 5학년과 6학년 1학기까지 반장, 부반장을 도맡아 하다 보니 학급에서 일어나는 일을 친구들과 많이 공유하고, 졸업할 때 까지 같이 있자고 약속을 했는데……. 갑자기 이렇게 되어 13살의 어린 나이에 그냥 슬프기만 했다. 그렇다고 아버지에게 가기 싫다고 계속 떼를 쓰면 안 될 거 같았다. 사춘기가 오기 전 나는 마냥 부모님 말씀은 잘 들어야 한다고 생각했었던 거 같다. 교단에 서서 울먹이는 목소리로 친구들에게

"그 동안 잘 지냈고, 좋은 추억 많이 만들고 가서 고마워. 나중에 다시 만나자!"

말을 마치고 들어오는 데 너무 울컥했다. 친구들도 아쉬워하는 표정이 많았다. 그날 저녁 다시 아버지에게 안 가면 안 되겠냐고 울면서 물었다. 아버지는 무조건 서울로 가야 한다고 완곡하셨고, 이미 끝난 일을 왜 자꾸 물어보냐고 오히려 혼나기만 했다.

여름방학을 마치고 새로운 학교로 전학을 갔다. 모든 것이 낯설었다. 처음 보는 친구들, 선생님, 학교 건물 등이 모두 그랬다. 내 인생에 처음으로 새로운 환경에 적응을 해야 할 시기였다. 그래도 잘 지내보자라는 마음으로 설렘도 조금 가득 안고 등교한 건 사실이다. 그러나 갔던 첫날에 제일 뒷자리에 배정받았던 것이 화근이었다.

광명에서 촌놈이 왔다고 같이 앉았던 짝이 한 무리를 데리고 와서

"야, 네가 광명에서 온 촌놈이냐? 왜 서울로 왔냐? 딱 보니까 잘 사는 거 같지도 않은데……."

이러면서 신고식이란 이름으로 나를 구석으로 몰아넣고 몇 대 때리기 시작했다.

소위 지금도 문제가 되는 왕따라는 걸 처음 당해봤다. 어디가도 왕따를 당할 성격은 아닌 거 같은데……. 왜 갑자기 이런 상황이 생기는 건지 참 원망스러웠다. 지금도 키나 몸무게가 대한민국 남자 평균이지만, 그때는 정말 왜소하고 말랐다. 더구나 마음도 여려 그 친구들이 왕따를 시키는 거에 대해서도 따지지도 못했다. 맞기도 했고, 촌놈이란 소리에 활달했던 성격이 내성적으로 바뀌는 데는 그리 오래 걸리지 않았다.

서울에 가면 배우는 것도 다르고 더 좋아진다고 아버지께서 말씀하셨지만, 수업을 들어보니 더 못한 과목도 많았다. 그때부터 아버지가 너무 원망스러웠다. 무조건 서울로 오면 잘 된다고 하고 믿고 왔지만, 모든 상황이 좋지 않았다. 그러나 그래도 나를 생각해주고 챙겨주었던 몇몇 친구들이 있었기에 전학 가서 그 힘든 학교생활을 무사히 마칠 수 있었다. 전학 가서 첫 시험을 잘 치다보니 공부 잘하는 촌놈이 더 시기하고 미워보였을 지도 모른다.

지금까지 내 인생을 돌아다보면 참 이 한 번의 전학이 내 학교 생활을 완전히 바꾸어 놓았다. 그냥 전학을 가지 않고 쭉 학교를 다녔다면 오히려 더 삐뚤어지지 않고, 내성적인 성격이 심하지 않았을 거라는 아쉬움이 있다. 그래도 이 전학이 없었더라면 새로운 환경에 적응하거나 맞서는 방법을 못 배웠을지도 모른다. 전학을 가고 나서 나를 싫어하는 무리들과 싸우면서 그들을 이기는 것은 공부를 열심히 해서 시험을 잘 봐야겠다는 생각 밖에는 없었다.

그렇게 학기 내내 시험전에는 정말 열심히 공부해서 졸업식 때는 보란 듯이 반에서 몇 명 주지 않는 우등상을 대표로 나가서 받기도 했다. 그제야 나를 괴롭혔던 친구들이 하나 둘씩 사과하면서 사라져갔다. 지금도 가족들과 저녁을 먹게 되면 어머니는 항상 나를 전학시킨 문제로 아버지에게 꼭 한마디를 하신다.

"당신 때문에 굳이 전학을 가지 않았으면 더 잘 됐을 아이를……. 왜 자기 욕심만 채우려고 무조건 보낸 거냐?"

하시며 평생을 안 좋게 생각하신다. 그러나 인생이란 것이 항상 내게 좋은 일이 있는 건 아니고, 앞으로 어떤 일이 일어날지 전혀 모르기 때문에 그때 전학 갔던 것이 나에게 또 다른 무언가를 주는 하나의 이유가 있지 않았을까 하는 생각이 든다. 아직도 6학년 1학기 전학 가던 나를 생각해보고 만약에 그 날로 돌아갈 수 있다면 분명히 답할 수 있다.

"그냥 광명에 남겠습니다."

정말 내가 공부하고 싶어 서울로 유학을 갔다면 결과는 또 달라졌을지도 모른다.

친구들도 왜 거기 전학가면 뭐하냐……. 지금 보면 니도 다 똑같은 직장인인데……. 그렇게 서울로 가는 내 전학 첫날은 아직도 생생하게 기억에 남는다.

소통이 곧 만남이었던 시절

지금은 소셜네트워크 서비스라고 하여 흔히 말하는 SNS의 가상공간의 소통이 직접 사람을 만나는 것보다 많다. 네이버 블로그, 페이스북, 인스타그램, 트위터, 카카오스토리 등……. 나조차도 오래된 친구들 만남보다도 더 많은 새로운 사람들과 소통하고 있다. 사실 SNS 신봉자까지 아니었지만, 책을 내고 홍보를 해야하는 수단으로 사용하다가 거꾸로 소통하는 재미에 푹 빠지게 되었다. 매일매일 새로운 사람들과 친구를 맺고 소통을 하는 재미도 쏠쏠하다.

사실 난 어린 시절 사람들과 소통하는 것을 참 좋아했다. 처음 보는 친구들과도 스스럼없이 친해지기 위해 먼저 다가갔다. 어색한 게 싫은 성격이다 보니 먼저 말을 걸고 그 친구의 관심사를 알아내어 친해지는 노력을 했던 것 같다. 지금처럼 스마트폰이 있는 것도 아니라서 약속을 잡기 위해선 집전화로 헤어질 때 몇 시 어디서 보자고 꼭 정해놓고 헤어졌다.

그렇게 하여 많이 모이던 곳이 학교 운동장 또는 친구집, 오락실이었다. 장소만 봐도 무엇을 하기 위해 만나고 소통했는지 이해가 될 것이다.

수업이 끝나고 나면 학교 운동장에서 친구들끼리 축구를 하면서 서로 달리고 부딪히고 공을 차면서 소통했다. 너무 소통하다가 게임에서 지고 나면 싸움도 나고, 다치기도 했다. 이렇게 공으로 소통하다 보면 어느새 처음 봤던 친구들과도 친해지고 진한 동지애까지 느끼게 된다.

초등학교 시절은 이렇게 축구로 소통을 했다면 중고등학교 시절은 농구공으로 바뀌었을 뿐이다. 남자들은 역시 공으로 하는 운동만큼 만나서 소통이 잘 되는 것은 없다.

오락실에서 모일 때면 비밀 소통시간이 된다. 부모님이나 선생님에게 걸리지 말아야 하기 때문에 하교 후에 다시 비밀리에 만난다. 우르르 몰려서 오락실에 들어가면 걸리기 때문에 한명은 망을 보고 한명씩 시간차를 두고 들어가야 걸리지 않는다. 그렇게 들어간 오락실 안에서 다 같이 모여 또 무슨 게임을 할까 소통을 하고 각자 하고 싶은 게임기 앞으로 흩어진다.

혼자 즐기기도 하고, 둘이서 같이 플레이하기도 한다. 그렇게 게임을 마치고 전체적으로 어땠는지, 어떻게 그 보스를 공략해야 하는지, 그 스테이지는 어떻게 해야 장애물을 피해갈 수 있는지 등에 대해 서로 소통한다.

다시 오락실을 나오려면 안 걸리기 위해 몰래 한 명씩 탈출한다. 그러다 한 번 걸리는 날은 된통 혼나고 며칠을 자숙해야 했다. 친구들과 당분간 만나지 못하고 소통도 끊기는 날이다. 지금처럼 메시지로 소통할 수 없어서 어떻게 있는지 나중에 직접 학교에 가서 만나야 근황을 알 수 있었다.

한 친구는 아버지에게 심하게 회초리를 맞아 종아리가 멍이든 친구도 있다. 또 다른 한 친구는 반성문을 너무 열심히 쓰다 보니 손에 연필자국이 시커멓다. 나도 엄마한테 빗자루로 종아리를 많이 맞았더니 학교 가는 길에 걸어가기가 너무 힘들었다. 다시 선생님과 만나면 다시 오락실 다녀온 것으로 두 번째 소통이 시작된다. 하루 종일 수업시간에 자리에 앉지도 못하고 뒤에서 무릎 꿇고 선생님의 잔소리와 함께 한다.

어린 시절 내가 살던 집은 5층 저층 아파트였다. 초등학교 1학년 초기에 여기 2층으로 이사왔다. 부모님이 처음 마련하신 자기 집이라고 기뻐하던 모습이 아직도 기억에 남는다. 내가 다닌 학교에서 자문위원회 모임에 참석도 하고 계실 정도로 사교성이 좋은 엄마는 남과 소통을 잘 하셨다. 내가 살던 집 위아래 어머니들에게 먼저 다가가 친해지실 정도였다. 우리 집 위 3층에는 나와 동갑인 친구가 살았고, 그외 다른 집 친구들도 1~2살 어린 동생이어서 그들과 다 잘 지내게 되었다.

늘 집을 돌아가며 놀러가서 엄마는 엄마들끼리, 나는 친구와 동생들과 서로 소통하면서 놀기 바빴다. 그 시절은 직접 만나고 얼굴을 봐야 소통이 되었다. 같이 어울리고 이야기하면서 더 유대관계를 맺는 것이 일반적이었다. 물론 지금도 중요한 일이 있으면 직접 만나서 소통을 많이 하지만 SNS가 발달하고 스마트폰이 있어서 언제 어디서든 이것으로 일상적인 소통은 할 수 있다.

엄마는 늘 음식을 만들거나 사 오셔서 오시는 손님들에게 대접을 하시며 소통했다. 친근하게 늘 웃으시면서 사람을 대하시니 주위에 사람이 늘 많았다. 만나는 것도 중요하지만 상대방에게 충분히 맞춰주면서 소통을 하는 자세도 중요한데, 엄마는 이게 가장 큰 장점이셨다. 늘 상대를 배려하고, 잘 맞추어주시고 별로 신경 쓰지 않는 자세는 내가 사람을 만나서 소통하는 데도 큰 배움이 되었다.

만남과 소통은 같다고 생각한다. 만남이 없는 소통은 없고, 소통이 없는 만남은 생각할 수가 없다. 사람을 만나는 것만 소통이 아니라, 내가 마주하는 모든 것과 만날 때 스스로 소통할 수도 있다. 나는 어릴 때 친구들과 놀이를 통해서 많은 소통을 했다. 이것이 나에게는 사회성을 길러주고 사람들과 어떻게 소통해야 하는 첫 경험이었다.

고등학교 시절에 만났던 첫사랑, 아내와의 만남등도 사랑이라는 활동이 만남이란 방식으로 소통한 결과이다. 시절이 바뀌면서 조금 가벼운 만남이 유행하는 듯하다. 잠깐 만나다가 헤어짐도 쉽고, 그 통보 방식도 직접 만나서 이야기하는 것이 아닌 메시지로 가볍게 한다고 하니 소통방식도 잘못되어 가는 것 같다.

그래도 타인을 만나서 소통하는 즐거움은 그 시절에는 참 행복했다. 늘 만나면서 서로 공감대를 형성하면서 직접 주고 받는 재미가 커서 그런 게 아닐까 싶다. 오늘은 스마트폰과 SNS를 잠깐 꺼두고 직접 보고싶은 사람에게 전화를 걸어 약속을 잡고, 직접 얼굴을 보고 소통을 해봐야겠다.

첫 학예회의 추억

초등학교 5학년 시절 태어나서 처음으로 반장이란 걸 해보았다.

공부도 곧잘 했고 나름대로 외향적으로 활동도 많이 하다 보니 선거에서 친구들의 추천과 투표로 뽑히게 되었다. 아마도 지금도 청중 앞에서 진행하고 강연할 때 그리 떨지 않는 것은 이때 활동도 영향을 많이 미쳤을 것이다. 매번 친구들 앞에 나와서 담임선생님의 지시사항을 전달하고, 소풍갈 때 버스에서 나름 성대모사를 하면서 사회도 보곤 했던 기억이 있다.

5학년 2학기도 끝나가면서 담임선생님의 제안으로 우리들끼리 만드는 장기자랑을 준비하여 추억을 쌓기로 했다. 마음에 맞는 친구들끼리 모이거나 개인적으로 노래나 춤, 연극 등을 하고 싶은 것을 준비하여 겨울방학이 시작하기 전날에 작은 학예회를 개최하기로 했다. 학예회를 진행할 사회도 보기로 했다.

나는 평소에 어울려 다니던 남자 친구들 몇 명과 준비했다. 서로 무엇을 해볼까 하다가 그 당시에 유행했던 코미디 프로그램을 하나를 흉내내기로 했다. 그 프로그램이 정확하게 기억이 나진 않지만 무슨 선발대회를 열어 1등을 가리는 지금의 오디션 프로그램 같은 형식이었다, 우리는 좀 기발한 걸 해야겠다고 생각하고, 결국 고른 콘텐츠는 좀 더럽긴 했지만 신고 있는 양말의 냄새를 맡아서 가장 지독한 냄새가 나는 사람이 1등을 하는 오디션 형식의 연극을 하기로 결정했다. 한마디로 제목을 '꼬랑내 선발대회'로 하기로 하고, 사회자 1명과 심사위원 2명, 출연자 4명으로 정했다.

나는 출연자 1인 역할을 맡기로 하고, 출연자로 나오는 친구들은 각자 학예회 전날 아침부터 연극 시작 전까지 양말을 신기로 했다. 똑같은 시간을 신고 벗어서 가장 심한 악취가 나는 친구가 1등을 하는 룰로 정했다. 집에 돌아와서 어머니에게 이야기하니 뭘 그런 걸 하냐고 웃으셨다. 나는 검정 양말을 신기로 하고, 학예회 전날 아침에 바로 신을 수 있도록 자기 전부터 준비를 했다.

아침에 검정색 양말을 신고 등교를 해서 쉬는 시간에 출연자 친구들에게

"나 당일에 최고로 꼬랑내를 풍기려고 검정색 양말을 신고 왔다!"

하고 자랑했다. 그러자 친구들도 각자 자기 양말이 가장 냄새가 심할 것이라는 다짐을 서로 한 채 탐색전을 끝냈다. 학예회가 시작되는 날…. 우리는 4번째 순서로 하기로 했다. 개인적으로 준비한 친구의 노래, 여자

친구들의 합창 등이 차례대로 이어졌다.

　우리 순서가 시작되었다. 아침부터 출연자로 나오는 나와 친구들은 그 전날 아침에 신은 양말을 벗어서 나뭇가지 끝에 매달아서 심사위원이 냄새를 맡을 수 있게 준비했다. 심사위원으로 나오는 친구들은 하기 전까지 더러워서 냄새를 맡을 수 있을까? 하면서 계속 얼굴을 찡그렸다.

　연극이 시작되었다. 출연자 4명중 나는 3번째로 나가기로 했다. 각자 신었던 양말을 나뭇가지에 매달아 심사위원 앞에 나가기 위해 사회자 옆에 섰다. 사회를 보는 친구도 양말이 다가오자 얼굴을 찡그렸다. 정말 냄새가 심하긴 했나 보다. 연극을 보면서 앉아 있는 다른 친구들은 코를 막고 웃기 시작했다. 뭘 저런 걸 하냐는 반응과 기발하다는 반응이 엇갈렸다.

　출연자들은 그냥 나가는 게 재미가 없을 것 같아서 어떤 나라의 대표로 나왔다는 멘트를 하기로 했다. 나는 '아시아의 꼬랑내 공화국' 대표로 나가기로 했다. 드디어 사회자의 시작 멘트와 함께 연극이 시작되었다. 한명씩 어느 나라의 대표라 소개를 하고 각자의 포즈를 취한 채 양말을 심사위원 코 가까이 밀착시켰다.

　"아~~~~ 너무 심해!"

　심사위원 친구 한명은 처음 나간 친구 양말 냄새를 맡자마자 기권 선언을 하고 나가버렸다. 비위를 참을 수 없었던 것 같다. 그래서 사회자 친구가 심사위원 역할까지 병행하기로 했다. 앞에 두 친구가 각자 멘트와 포즈를 취하고 냄새를 맡게 했다. 보는 친구들은 코를 막고 웃느라 정신없고, 담임선생님도 아이디어가 기발했다고 여기시는지 계속 대단하다고 하시면서 웃고 계셨다.

내 차례가 되었다. 나는 아시아 작은 나라의 꼬랑내 공화국 대표라고 하면서 나뭇가지에 매단 양말을 심사위원 두 친구에게 냄새를 맡으라고 내밀었다. 그 전에 나는 내가 미리 맡아보고 이 정도라면 정말 1등은 따논 당상이라고 여겼다. 역시 냄새를 맡은 두 친구는 헛구역질을 하기 시작했다. 이제 됐다고 판단했다.

그러나 마지막에 아프리카 대표로 나온 정말 피부가 까맸던 친구의 카운트 펀치!! 양말을 두 개 겹쳐서 신고 있었던 것이다. 하루 동안 양말을 두 개 겹쳐서 신고, 그 안의 양말을 가지고 대회에 나왔다. 양말냄새가 멀리서부터 그 스멜이 다르다. 앉아서 구경하는 친구들도 분위기가 심상치 않은지 웃음을 멈추었다. 그 친구가 심사위원 친구 2명에게 냄새를 맡을 수 있도록 가까이 가져갔다. 1초도 안 되서 친구 둘다 복도 밖으로 뛰쳐나갔다. 냄새가 너무 심해서 오래 맡을 수 없다는 멘트와 함께… 바람과 함께 사라졌다. 나도 한번 맡아봤는데, 이건 기절 직전의 냄새다. 지금도 그 향기는 잊을 수 없다.

아프리카 친구가 1등으로 최고의 꼬랑내로 선발되었다. 연극이 끝나고 최고의 아이디어였다고 담임 선생님께 칭찬을 받았다. 그러나 조금 더럽게 굴었다고 친구들에게 야유를 좀 받기도 했다. 태어나서 처음으로 해본 학예회에서 진행했던 연극… 지금도 잊지 못할 추억으로 남아 있다. 친구들과 아무 생각없이 그 과정을 즐기고 웃으면서 했던 모든 시간이 정말 행복했다.

나의 어릴적 영화관이란?

지금도 많은 연인들이 자주 찾는 데이트 장소로 영화관(극장)을 많이 찾는다.

좋아하는 영화를 보면서 2시간 정도를 보내는 정도로 비용이 그리 비싸지 않다. 또 남녀노소 영화를 싫어하는 사람은 거의 보질 못했다. 인기 있는 영화는 관객이 1,000만을 넘는 것도 흔한 일이 되어 버렸다. 단순하게 우리나라 인구의 1/4이 영화를 보는 셈이다.

나도 결혼하고 거의 영화관을 찾지 못했지만, 시간이 날 때마다 영화를 즐겨본다. 영화광까지 아니지만 결혼 전에는 개봉하는 영화는 그날 찾아서 볼 정도였다. 영화 잡지를 구독하면서 정보는 줄줄이 꿰차고 보고 나선 그 감상을 따로 노트에 적을 정도였다. 특히 액션과 로맨스 코미디 두 장르의 최신영화는 봤다. 아마 블로그 초기시절에 영화 블로그를 했으면 파워블로그가 됐을 정도로 영화감상에 대해 적은 양이 어마어마했다.

어릴 때 부모님과 함께 본 만화영화 '로보트태권브이'와 학교에서 단체 관람으로 본 '마루치 아라치'를 보러 처음 극장을 찾았다. '마루치 아라치' 는 1988년도 서울올림픽 기념으로 다시 제작되어 태권도를 하는 남매가 악당을 물리치는 스토리였다. 만화 중간쯤에 한 악당이 마루치 발음을 잘 못한 건지 "니가 며르치냐?"라고 할때는 다 같이 웃었던 기억이 아직도 생 생하다.

'로보트 태권브이'는 1970년대 후반에 이미 탄생한 우리나라 최초의 로 봇만화로 기록되어 있다. 아마 우리 3040세대라면 기억되는 유명한 애니 메이션 제작자인 김청기 감독이 만든 최초의 로봇 캐릭터이다. 로켓주먹 을 날리고 태권도를 쓰는 거대한 기계로봇이다. 특히 영화관의 큰 스크린 으로 보면서 저런 멋진 로봇이 나쁜 악당을 물리칠 때마다 통쾌함을 느꼈 다. 순수하고 아무것도 몰랐던 어린 시절에는 저런 로봇이 실제로 만들어 서 범죄자들을 다 혼내주었으면 하는 바램도 있었다. 그 이후로 '로보트 킹', '썬더에이' 등 같은 로봇만화를 차례대로 단체관람을 간 적이 있다.

그리고 어릴 적 내 영화관 최고의 추억인 그 영화 '우뢰매'가 개봉한다. 당대 최고의 인기 개그맨이었던 심형래가 주연을 맡고, 김청기 감독의 메 가폰으로 탄생한 최고의 로봇애니메이션 영화였다. 평범하다 못해 바보 같은 주인공이 우주인에 의해 초능력을 갖게 된 후 그 여전사와 함께 악 당을 물리치는 스토리였다. '우뢰매' 시리즈는 총 9편이 제작될 정도로 그 시절에 큰 인기를 누렸다. 여전사역으로 나오는 '데일리'도 하얀머리와 특이한 의상이 돋보였다. 특히 남자 주인공인 '에스퍼맨' 역할로 나오는 심형래는 이 영화로 최고의 전성기를 구가했다. 이후 본인이 출연했던 '영구와 땡칠이'도 어마어마한 흥행을 했다.

'우뢰매' 4편이 개봉하는 날은 혼자 힘으로 갈 수 없었다. 그 전날 고래를 잡는 수술을 하느라 회복기간이 필요해서 집에서 누워 있었다. 회복이 될 때까지 정상적으로 걸을 수 없어서 보는 걸 포기하던 차였다. 자세가 너무 엉성하게 잡히고 버스에서도 앉을 수가 없어서 엄두가 나지 않았다. 친구에게 전화가 왔다.

"내가 부축해 줄 테니 가자! 그런데 고래 잡으면 정말 많이 아파? 걷기도 힘든 거야?"

"정말 많이 힘들어! 그리고 따가워서 죽을 거 같은데, 영화는 제대로 볼 수 있을까?"

"앉아 있을 수는 있어?"

"어. 앉을 수는 있는데……."

"앉을 수 있으면 다행이네. 앉아서 영화 보면 되지. 뭐 문제 있어?"

"사실은 계속 앉아 있고, 잘못 앉으면 닿은 부분 통증이 너무 커서.. 엄마한테 일단 허락부터……."

"그래. 허락 받으면 내가 도와줄 테니 어떻게 가자."

엄마에게 물어보았다. 내일 '우뢰매' 시리즈 중 가장 재미있는 영화가 개봉예정인데 극장에 가도 되는지 물어보았다.

"당연히 안 되지. 제대로 걷지도 못하는데 어디를 가려고 하니? 나중에 다른 거 보러가라!"

"친구가 부축해준다고 했어요. 꼭 보고 싶으니 갔다 올게요!"

몇 번의 실랑이 끝에 엄마는 결국 내 뜻을 꺾지 못하고 허락을 하셨다. 단 정말 아프면 영화 중간에라도 나와서 집에 와야 한다는 조건을 다셨다. 나와 엄마는 그렇게 합의를 봤다. 다음날 아침에 친구가 집에 와서 나를 문밖에서부터 부축하여 걷기 시작했다. 정말 자세가 어그적어그적 기마자세로 이상한 걸음걸이로 친구와 함께 천천히 한 발 한 발 내딛었다. 극장은 집에서 5분 거리에 있는 버스 정류장에서 버스를 타고 20분 정도 광명사거리까지 나가야 했다. 무사히 친구의 도움으로 정류장에 가서 버스를 탔다. 버스를 타고도 좌석에 앉지 못하고 기둥을 붙잡고 기마자세를 유지하니 다리가 더 아팠다. 그래도 영화를 봐야겠다는 불굴의 내 의지가 더 강했다. 어떻게든 통증을 참으면서 극장까지 걸어갔다. 참 옆에서 아무 내색하지 않고 도와주는 죽마고우에게 감사했다.

극장에 도착했다. 그 때 극장은 좌석이 꽉 차게 되면 목욕탕에서 쓰는 의자를 통로 쪽에 놓아두었다. 영상시작과 동시에 들어가다보니 원래 있는 좌석은 빈자리가 없었다. 있어도 앉을 수는 없었다. 앉는 순간통증이 시작되니까⋯⋯. 오히려 목욕탕 의자가 편했다. 목욕탕 의자를 땡겨서 엉덩이만 걸친 채 허리를 쭉 펴고 다리를 벌린 상태의 자세로 끝까지 '우뢰매' 4편을 시청했다. 에스퍼맨과 데일리의 액션과 가끔 터지는 심형래식 유머에 아픈 줄을 모르고 봤다. 영화가 끝나고 나자마자 통증이 심해진다. 약을 바를 시간이 지나서 그랬나보다. 친구에게 얼른 집에 가자고 했다. 밖에 나와서 다시 버스를 타고 엉거주춤 걸음으로 집에 오게 되었다.

어린 시절 나에겐 극장이란 낭만 보다는 아픔이다. 정말 지금 생각해보면 몸이 아프고 수술하고 회복도 안 된 상태의 친구가 그저 보고 싶은 영화를 보기 위해 무리를 했다는 게 참 어리석은 짓이었다. 그래도 극장에서 첫날 개봉하는 '우뢰매' 시리즈는 포기할 수 없었다. 요새 만화영화는 채널도 다양해지고 굉장히 화려한 느낌이다. 아이들은 그 만화를 재미있게 신청한다. 시대가 틀려지더라도 나도 어릴 때 그 만화에 열광했던 것과 비슷한 것 같다. 아무것도 몰랐던 어린 시절에 정말 순수하게 영화관에 가서 영화를 봤으니 말이다.

기억하시나요?
경양식

초등학교 시절에 근처에 살던 역 근처에 '모라' 라는 경양식 음식점이 있었다. 1980년대만 하더라도 내 주위에 양식을 먹어본 게 자랑일 정도로 경양식이 최고의 외식이던 시절이다. 입학이나 졸업, 생일 등 특별한 날에만 가던 곳으로 조용하고 잔잔한 클래식 음악이 나오던 경양식 음식점들은 나름 우아하고 격조가 있었다. 지금은 아주 대중화된 음식이 되어버린 '돈가스'나 '스테이크'이지만 그 당시에는 위에 언급한 축하를 하거나 받을 일이 있을 때 큰 맘 먹고 온 가족이 외식을 하는 곳으로 인식이 되던 때였다.

내가 경양식을 처음 접해본 것은 초등학교 저학년 시절이었다.

부모님의 생신이나 내 생일 또는 내가 시험성적이 좋았을 때 어머니가 퇴근하는 아버지에게 외식하자고 전화 한통 넣고 오실 때까지 기다렸다.

아니면 아버지가 내리는 버스 정류장에 어머니, 여동생과 함께 미리 나가서 기다렸다가 외식을 가곤 했다.

처음 외식으로 먹었던 메뉴는 중국집이었다. 초등학교 입학식이 끝나고 어머니와 아버지, 어린 여동생과 함께 중국집에 갔다. 처음 보는 메뉴들이 많았다. 어머니가 자장면과 탕수육을 시켜주시면서 입학축하 파티로 먹는 거라고 하셨다.

자장면 한입을 베어 물었다. 입 주위는 자장면 범벅으로 뒤덮였지만, 면을 넘길 때 그 처음 맛은 잊을 수 없었다. 배도 마침 고플 때라 아무 이야기도 하지 않고 허겁지겁 빨리 먹었다.

누가 뺏어먹는 것도 아닌데, 고개를 숙인 채로 그릇에 코를 박고 후루룩 소리를 내면서 그 어린 나이에 정말 급하게 먹었다. 그 모습을 보고 어머니와 아버지는 한참을 웃으시더니 탕수육도 한번 맛보라고 하셨다. 어머니가 탕수육 고기에 양념을 붓더니 조금 잘라서 한 입 먹어보라고 주신다. 먹었는데 이것도 맛이 일품이다. 그 뒤로 우리 집 외식은 중국집으로 한동안 굳어졌던 기억이 난다.

그러다가 초등학교 2학년 시절이 끝나가는 무렵 내 생일 축하를 겸하여 어머니가 양식을 먹어보자고 하셨다. 양식이 무엇인지 모르는 나에게 어머니는 외국에서 먹는 음식을 '양식'이라고 말씀해주시면서 수프와 돈가스가 주 메뉴라고 알려주셨다. 그런 음식이 있는 줄은 구경도 못했고, 들어본 적도 없어서 너무 궁금했다. 내 생일은 12월생 겨울이라 어머니는 경양식집은 이런 겨울에 가야 분위기가 산다고 했다. 아마 아버지와 어머니도 연애할 때는 이런 곳에 가서 데이트를 즐기지 않았을까 하는 생각이 지금 나이가 되어보니 문득 들기도 한다.

내 생일이 되면 보통 2학기가 끝나고 겨울방학이 시작되는 시점이다. 생일이 가까워지면서 나는 그 경양식집이라는 곳을 꼭 한번 가보고 싶었다. 어머니가 해 주신 이야기가 수업시간에도 계속 생각이 나서 선생님 말씀은 들어오지 않았다. 하교 후에 생일날 꼭 경양식집에 데려가 달라고 어머니께 졸랐다. 퇴근하는 아버지에게도 가고 싶다고 계속 졸라댔던 기억이 난다. 부모님은 흔쾌히 허락을 하셨다.

"경양식집 가기 전에 먹는 방법을 배워야 해!"

허락을 하시고 그 날 저녁 어머니는 양식을 먹을 때 한식을 먹는 방법과는 다르다고 하셨다.

그래서 양식을 먹는 먹는 방법을 알려주신다고 하여 수퍼마켓에서 팔았던 쇠고기 수프를 사 오셔서 예행연습인양 먹게 되었다.

"우리가 밥이나 국을 먹을 때는 숟가락을 위에서 아래로 떠서 먹지만, 수프를 먹을 때는 아래서 위로 떠서 먹는 거야. 먹는 방법이 반대지?"

어머니가 알려준 대로 숟가락을 아래로 위로 떠서 천천히 먹었다. 지금은 그냥 떠먹어도 되는데 그때는 그 방법이 너무 신기했다. 마치 내가 유럽의 귀족이 된 듯한 기분이었다. 프랑스나 영국에서 우아하게 먹는 귀족 말이다. 가끔 영화에서 보더라도 1700년대 유럽 귀족들이 식사를 할 때 수프를 먹으며 격식을 차리고 먹는 경우가 많았으니 말이다.

그리고 지금 아이들 턱받침이나 앞치마와 같이 수프를 흘릴까봐 목에 냅킨을 메고 먹었다. 어머니가 처음 가르쳐준 게 냅킨을 목에 두르는 것이었다. 그 후에 알려주신 방법이 위에 언급한 먹는 방식이었다. 수프는 메인요리인 돈가스가 나오기 전에 허기진 배를 달래기 위해 먹는 것이라고 어머니는 말씀하신 기억이 난다.

그 후 돈가스를 먹는 방식을 알려주셨다. 일단 왼손에는 포크를 잡고, 오른손에는 나이프를 잡는다. 포크를 돈가스에 고정시키고, 나이프로 고기를 먹기 좋게 자른다. 어머니가 시범을 보이는 것을 보고 나도 따라했다. 그때는 어머니보다도 덩치가 작았으니 자르는 데도 힘이 들었다. 처음 해보니 서투른 나를 보고 어머니는 옆에서 자르는 것도 도와주시면서 다시 해보라고 하셨다. 몇 번 더 해보니 익숙해졌다. 경양식집을 가기 위한 준비 운동이 끝난 셈이다.

생일날 저녁 퇴근하는 아버지를 만나서 온 가족에 전철역 근처에 있는 경양식집 '모라'를 찾아갔다. 들어가니 일반 음식점과 다르게 조명이 어둡고 식탁이나 의자도 유럽풍으로 되어 있었다. 처음 보는 식당을 나는 호기심에 구석구석 구경하면서 남은 자리에 앉았다. 어머니가 주문을 하자 서빙하시는 분이 오셔서

"밥을 드시겠습니까? 빵을 드시겠습니까?"

하고 묻는 것이다. 어머니는 밥을 드시겠다고 했다. 신기한 광경에 어머니에게 왜 밥을 시켰냐고 따졌다. 그러자 어머니는 빵은 적게 나와서 수프에 찍어먹으면 금방 먹어서 배고프니 밥을 먹는 게 낫다고 하셨다. 금방 수긍한 나는 어머니가 알려준 방식대로 수프와 돈가스를 먹기 시작했다.

그것도 아주 우아하게 숟가락, 포크, 나이프를 번갈아 천천히 쓰면서 맛있게 먹었다. 아버지도 내가 이런 모습을 보면서 많이 웃으신 기억이

있다. 정말 맛있어서 어머니가 본인은 드시지 않고 계속 나를 주셨다. 생일 케이크도 중간에 놓고, 같이 파티하면서 돈가스를 정말 맛있게 많이 먹었다. 그렇게 먹어도 배가 부를 뿐 속이 안 좋다는 생각은 하질 못했다. 식당을 나올 때 나는 부모님에게 또 와서 먹고 싶다고 졸랐다. 아마도 지금도 돈가스를 좋아하는 식성은 이때부터 시작하지 않았나 싶다. 성인이 되어 먹는 돈가스는 행복이라고 여긴다.

잘 먹고 집에 와서 잠도 잘 잤다. 그러나 새벽에 갑자기 배가 아프기 시작했다. 소화가 안 되는 것 같기도 하고, 어떤 것이 원인인지 몰랐다. 아침까지 배가 너무 아파서 잠을 자지 못했다. 결국 결석을 하고 어머니와 병원에 갔더니 갑자기 새로운 음식을 먹으니 소화가 잘 되지 않아서 일어나는 불량현상이라고 했다. 간단히 소화불량이었던 것이다. 9살의 어린 나이에 소화불량이라니……. 결국 학교를 빠져서 집에서 누워만 있었다. 수프와 돈가스를 태어나서 처음으로 그렇게 맛있게 먹었는데 왜 속이 안 좋아서 이러고 있는지 어렸지만 기분이 별로였다. 퇴근하고 오신 아버지도 다 잘 먹었는데, 너만 왜 속이 그러냐고 타박이다. 하루 누워 있더니 속은 괜찮아지고, 자꾸 경양식집에 갔던 게 눈에 어른거렸다.

1년 후 내 생일에도 경양식집 '모라'에 가서 외식을 했다. 잘 먹었다. 그러나 또 새벽에 같은 증상이 나타나자 어머니는 더 이상 경양식집에 데려가지 않으셨다. 그리고 집에서 돈가스를 직접 만들어 주신다고 하셨다. 어머니가 해주는 돈가스를 먹고 나선 더 이상 소화불량은 없었다.

1980~1990년 초까지만 해도 경양식집은 특별한 날에 외식으로 양식을

먹는 고급스런 인식이 강했다. 지금 기억도 돈가스는 정말 특별한 사람이 먹는 거라고 생각했다. 지금처럼 이렇게 대중화가 될 줄은 몰랐다. 그러나 사실 돈가스는 도시락 반찬으로도 예전이나 지금이나 애용하고 있어서 집에서도 충분히 먹을 수 있게 되었다. 그래도 예전 그 특유의 경양식집을 생각하면 그때 아름답고 따스했던 추억이 우리 마음을 편하게 해주는 것 같다.

잊혀진 소풍
그리고 촛불의식

아내와 연애할 때 춘천과 가평 사이에 있는 남이섬에 가본 적이 있다. 아마 생애 두 번째로 가는 거지만 20년 만에 다시 가는 셈이다. 섬으로 들어가기 위해서 육지에서 한번 배를 타고 들어가야 한다. 지금은 나미나라 공화국이란 회사에서 관리를 하고 있다. 휴양림과 리조트, 식당 등이 위치하여 많은 관광객들이 오고 간다.

남이섬을 처음 갔던 11살이 되던 초등학교 4학년 때 소풍이었다. 말이 소풍이지 극기 훈련 명목으로 4학년 학생 전체가 단체로 가게 되었다. 그 시절도 버스를 타고 춘천에서 내려 선착장에서 배를 타고 들어갔다. 사람이 많다보니 배가 몇 번을 나누어서 태우고 남이섬에 들어갔다. 먼저 들어간 학생들은 이미 빨간 모자를 쓴 선생님 인솔아래 줄을 서서 조용히 대기하고 있는 중이었다.

　나도 그 당시 1반이라 첫 배를 타고 들어가서 친구들과 멀리 가는 첫 소풍이란 생각에 떠들다가 선착장에 도착할 때 쯤 빨간 모자 아저씨들이

　"자! 이제 조용히 하고 줄을 맞추어서 내립니다! 여러분은 놀러온게 아니라 극기훈련으로 온 거니 이 조교 말을 잘 들어야 합니다!"

　하고 소리쳤다. 떠들고 있던 나와 친구들은 순간 겁이 났다. 아직 어린 초등학생이다 보니 그냥 놀러 온게 아니구나 싶었고, 앞으로 무슨 일이 일어날지 몰라서 더 무서웠다. 일단 배에서 내리니 줄을 서라고 하셔서 두 줄로 쭉 길게 서서 앉았다. 다른 반 친구들이 올때까지 이렇게 대기해야 한다고 했다. 약 1시간을 이렇게 기다리면서 친구들을 기다렸다.

　"자, 일어납니다! 모두 모였으니 극기훈련을 시작하러 갑니다!"

　다시 겁을 먹으며 일어났다. 친구들은 우리가 군대에 온 것 같다고 이야기하는 중이었다. 남이섬 중간에 큰 운동장이 있었는데 일단 거기에서 모여 교장 선생님 훈화를 듣고, 첫 번째 극기훈련을 시작하였다. 아직 낮이라서 단체로 협동이 잘 되는지 안 되는지를 확인하는 훈련이었다. 군대 제식 훈련 받는 것처럼 앞으로 가다가 좌향좌, 우향우등을 반복했다. 그러다 한 명이 틀리면 오리걸음으로 반 바퀴를 도는 벌칙을 부여받았다.

　남자 여자 학생 가릴 것 없이 같이 받았다. 지금 생각해보면 그 시절이 군사정권이고, 또 북한은 우리 주적이라고 하면서 반공이 유행이었던 시절이라 어릴 때부터 극기훈련이란 명목으로 소풍을 많이 갔었다.

　그렇게 1시간 동안 훈련을 받고 오늘 1박을 할 잠자리를 소개한다고 하여 빨간모자 아저씨가 우리를 데리고 갔다. 빨간모자 아저씨가 앞에 보이

는 것을 가리키며

"오늘 너희들이 잘 막사다! 일렬로 쭈욱 누워서 자면 된다! 오후엔 축구를 할거니 막사에 들어가서 짐부터 챙기고 다시 모인다!"

집 밖에서 친구들 몇 명이서 집에서 자거나 보이스카우트 활동으로 텐트 치고 잔적은 있지만, 이렇게 100명이 넘는 대규모 인원이 같이 자는 건 처음이었다. 짐을 정리하고 나서 조금 낮잠을 잤다. 아마도 처음 해보는 극기훈련에 긴장도 하고 무섭기도 하여 금방 지치는 것 같았다. 낮잠을 자고 나서 점심을 먹었다. 역시 밖에서 먹는 밥은 꿀맛이다. 밥을 먹고 다시 모였다.

"자! 반별로 팀을 나누어 축구를 시작한다!"

호루라기 소리를 듣고 나도 친구들도 공을 향해 미친 듯이 뛴다. 흔히 우리가 아는 동네축구다. 공이 있는 곳이면 우르르 달려간다. 공격과 수비도 같이 한다. 골기퍼만 골대를 지키고 있다. 그래도 아침보단 즐겁게 뛰어놀았다. 승패를 떠나 팀이 하나로 뭉치는 걸 보기 위한 빨간모자 아저씨들의 배려였다. 오후까지 미친 듯이 뛰어다녔더니 배도 고프고 너무 피곤했다. 저녁을 먹고 있는데 빨간모자 아저씨들의 목소리가 들린다.

"저녁을 먹고 나선 캠프파이어와 촛불의식을 할거야!"

캠프파이어는 보이스카우트 활동 때 한번 해본 적이 있어 알고 있었다. 그런데 촛불의식은 한번도 들어본 적이 없어서 무엇인지 궁금했다. 저녁을 먹고 다시 운동장에 모였다. 한가운데 장작이 모여 있다.

빨간 모자 아저씨 한명이 성냥으로 장작에 불을 붙인다. 장작이 타기 시작하면서 불이 활활 타오르자 신나는 레크레이션이 시작되었다. 서로 박수치면서 노래도 하고 타고 있는 불을 보면서 소원을 빌기도 했다. 그렇게 한참을 즐기고 신나게 놀았다. 타오르던 불도 점점 꺼질 무렵 빨간 모자 아저씨들이 종이컵에 촛불 하나씩을 넣어서 우리에게 나누어준다.

"곧 촛불의식이 거행될 테니 친구들끼리 원형으로 모아 앉아서 대기하기 바란다!"

친구들끼리 원형으로 둘러앉았다. 양손에 아까 나누어준 촛불이 들려 있다. 빨간모자 아저씨가 촛불 하나하나에 불을 켜준다. 가운데서 진행자가 조용한 목소리로 이야기를 시작했다.

"오늘 극기훈련 하느라 고생 많았습니다. 우리를 위해 고생하시는 부모님을 한번 생각해 보기 바랍니다. 얼마나 여러분들을 키우기 위해 밖에서 일하시고 뒷바라지 하시는지 한번 여기서 잘 생각해 보면 좋을 것 같네요!"

이 멘트 한 마디에 한 명씩 흐느끼기 시작한다. 나도 부모님이 고생하시는 모습과 또 한편으로 집을 떠나다보니 너무 보고싶었다. 옆에 앉아 있는 친구와 끌어안고 펑펑 울었다. 왜 그리 죄송하고 감사했는지……. 역시 부모님이란 단어는 늘 마음이 아프다. 그렇게 촛불의식이 끝나고 막사에서 돌아오자마자 잠들었다. 너무 피곤했는지 다들 곯아 떨어졌다. 소풍은 잊혀졌고 극기훈련과 촛불의식만 생생한 추억이다.

노래와 함께 했던 시간들

중학교에 진학할때쯤 우리 동네에 노래방이 처음 들어온 것으로 기억한다. 1991년에 부산에 처음 노래방이 들어와 전국적으로 갑자기 퍼지기 시작했다. 아마도 흥이 많은 우리나라 사람들에게 가장 적합한 놀거리 문화가 아니었을까 싶다. 엄마가 음악을 듣고 노래 부르는 것을 즐겨하셔서 나도 자연스럽게 노래 부르는 것을 좋아하게 되었다. 어린시절은 만화 위주의 주제가를 좋아해서 자주 불러서 외우고 다니다가 사촌누나 덕으로 가요에 입문하게 되어 유명가수 노래를 따라부르며 더 좋아하게 되었다.

그 당시 대중문화는 트로트 위주의 전통가요에서 장르가 다변화하던 시기였다. 변진섭, 이현우, 윤상, 신승훈, 김민우님등의 발라드와 서태지와 아이들, 듀스등의 댄스 음악등이 비약적으로 발전했다. 그 전에 유명했던 박남정, 양수경, 이선희님등의 가요들이 시발점이 되어 대중입장에

선 듣는 음악이 많아져서 행복했던 시기다. 태진아, 현철님등이 중심이 된 트로트 음악도 여전히 강세로 많은 어르신들의 사랑을 받았다.

엄마와 아버지, 동생과 처음으로 노래방에 가 보았다. 들어가니 번호가 있는 방들이 복도 하나를 중심으로 둘러싸여있다. 엄마가 사장님께 한시간만 달라고 하고 돈을 지불했다. 사장님은 몇 번방으로 들어가라고 해서 따라 들어갔다. 처음 보는 노래방이 신기했다. 방에 들어가니 마이크가 꽂혀있고, 화면이 나오는 티브이와 아래 깔려 있는 번호가 많고 시작, 멈춤 버튼이 있는 기계가 보인다. 한번 가서 눌러보았다. 아무것도 뜨지 않는다. 엄마가

"카운터에서 시간을 넣어줘야 시작되니 일단 만지지 말고 저기 가서 앉아 있어라!"

"아, 네!"

한소리 듣고 소파에 앉았다. 사장님이 들어오셔서 시간 넣었다고 하신다. 엄마가 일단 노래책을 펴 드시고 노래 한 곡을 고르신다. 가수 김수희의 '애모'를 부르셨다. 일단 어머니의 18번 노래라서 너무 익숙한 노래라 좀 지겹긴 했다.

그래도 언제나 듣는 엄마의 노래는 정겹다. 엄마도 흥이 많은 사람이다. 모임에서 늘 주도하고 앞에 나가서 장기자랑도 열심히 진두지휘하시는 분이셨다. 아마도 그런 끼를 나나 여동생도 좀 물려받았는지 다 큰 지금도 노래방에 가서 노는 건 누구보다도 자신 있다. 나도 그 당시에 유행했던 가수 김민우 님의 〈사랑일 뿐야〉를 한 번 불러봤다. 아직 어려서 누구를 좋아하는 감정은 잘 몰랐지만 멜로디는 참 애절했다. 지금 들어도

참 감성적인 노래다. 참 가수 김민우 님은 지금 가수를 그만두고 자동차 딜러로 새 삶을 사신다고 한다. 전성기가 좀 짧았던 가수라 아쉬웠다.

테이프를 들었을 때와 똑같이 부르려고 하는데 그게 아닌 것 같다. 아직 성인이 아니다 보니 흉내는 낼 수 있다. 다만 성인이 되고 나서의 감성은 역시 경험과 연륜이 있어야 그것이 목소리에 나오는데……. 아마도 지금 부르면 그 감성이 조금은 나오지 않을까 한다.

그런데 아버지는 딱 한 곡만 부르셨다. 이상하게 노래와 인연이 없으신 건지 별로 안 좋아하시는지 모르겠지만 말이다. 그가 좋아하시는 노래는 '가는 세월'이다. 음정과 박자가 잘 안 맞지만 아버지의 애창곡이다. 가끔 술을 드실 때 부르신다. 가족들끼리 노래방을 갈 때마다 지금도 가끔 부르시며 옛날 추억을 회상하시며 웃으시곤 한다. 지금은 아줌마가 된 여동생도 참 끼가 많았다. 우리 황 남매는 노래방에 가면 둘이 거의 1시간 이상을 같이 목이 쉬도록 노래를 부르곤 한다. 아내를 처음 만나고 여동생에게 소개했을 때도 친구들과 함께 노래방에 가서 미친 듯이 노래 부르고 놀았던 기억이 난다.

고등학교에 올라가선 시험이 끝나고 스트레스를 풀기 위해 친구들끼리 노래방에 가서 노래를 부르곤 했다. 그때 친구들과 같이 노래를 부르면서 알았던 가수가 이승환, 신해철, 공일오비, 윤종신 등이다. 당대 발라드와 락으로 유명했던 그들에게 영향을 받았던 지금의 3040세대가 적지 않았다. 특히 난 가수 이승환과 신해철의 광팬이었다. 일단 지금 들어도 좋은 히트곡이 많다. 사랑 이야기도 있지만 사회를 비판하는 곡이 많다보니 더욱 좋아하게 되었다.

대학에 진학한 후 친구들과 술먹고 노래방에 가는 것이 일상이었다. 사회생활을 하고 나선 상사가 노래를 좋아하면 술먹고 노래방을 꼭 들러야 마무리가 되었다. 그래서 지금도 나는 회식자리가 좋다. 술자리도 즐기지만 노래방에 가서 흥에 겨워 노래할 때 내가 살아있고 행복함을 느낀다. 가끔 노래자랑에 나간다고 열심히 준비해서 사람들 앞에서도 부른 적이 많다. 다른 사람들은 그걸 부끄럽게 여기지만 나는 노래할 때가 정말 즐겁고 행복했기 때문에 지금도 사람들 앞에서 기회만 준다면 부를 것이다.

해부학에 관한 짧은 단상

　오늘은 일어나서 등교준비를 하는데 아침부터 시험볼 때마다 더 긴장이 된다. 일주일 전부터 공고한 생물시간 실습 때문이다. 꼭 실습을 해야 하는 것인지 의문이었다. 의사가 되려고 하는 것도 아니고, 그냥 책으로 만 봐도 이해가 가능한 부분인데 말이다. 아침을 먹는데도 속이 매스껍다. 생각을 하지 말아야 하는데 자꾸 신경이 쓰인다. 밥도 한 두 숟갈 먹는 둥 마는 둥 하다가 학교로 가기 위해 집을 나섰다. 그 수업시간은 점심시간이 바로 지나서 5교시부터라 점심식사도 제대로 할 수 있을지 궁금했다.

　등교하면서도 생각을 안하려고 했는데도 자꾸 생각이 나서 미칠 지경이었다. 학교에 가서 자리에 앉을때까지 두통이 너무 심했다. 안되겠다

싶어서 친구에게 고민을 털어놓았다.

"오늘 개구리 해부하는 거 개인이 아니라 조를 짜서 하는 거지? 나는 그냥 보기만 할게."

"뭘 그렇게 신경을 쓰고 있냐? 하여튼 소심해. 내가 알아서 할 테니 너는 그냥 책보고 보기만 해라. 어떻게 남자가 돼서 개구리를 만지지도 못하냐?"

친구의 대꾸에 조금은 걱정이 덜긴 했다. 그랬다. 오늘은 바로 생물수업의 하이라이트인 개구리 해부실습 시간이었다. 나는 어릴 때부터 뛰어다니는 동물이나 곤충을 꽤나 싫어했다. 보는 것도 그랬지만 만지는 것조차 끔찍하게 여겼다. 특히 개구리, 두꺼비와 같은 양서류를 특히 싫어했다. 사실 처음부터 싫어한 건 아니었다. 초등학교 5학년 시절 지금은 아파트 단지로 변했지만, 내가 살던 아파트 앞에 안양천과 가까운 습지였다. 거기 곳곳에 연못이 있어서 개구리, 소금쟁이등과 같은 생물들이 서식했다.

거기서 올챙이 몇 마리를 잡아서 페트병을 잘라 물을 넣어서 집으로 가져왔다. 어머니가 한번 개구리가 될 때까지 키워보고 싶냐고 물어보셨다. 한번 해보겠다고 쿨하게 대답하고 가져온 그날부터 올챙이를 키우기 시작했다. 책에서 본 올챙이 몇 마리가 헤엄쳐 다니는 걸 보고 신기했다. 그렇게 며칠이 지나고 뒷다리가 나오고 앞다리가 나오는 걸 직접 보았다. 그리고 새끼 개구리로 변하더니 페트병에서 나와 막 내 방을 뛰어다니기 시작했다. 아 그걸 잡으려고 온 방을 뒤지는데 갑자기 내 얼굴에 딱 붙어서 깜짝 놀랐다. 뭔가 물컹한 느낌이 들어 바로 손으로 잡아서 던졌다. 그

날부터 트라우마가 생겼는지 개구리가 너무 징그러웠다.

　결국 그 새끼 개구리를 다시 그 습지에 놓아주었다. 그 뒤에 잘 자랐는지 어떻게 되었는지는 모른다. 그런 기억 때문에 오늘 있을 실습시간도 너무 들어가기 싫었다. 너무 신경이 쓰여서 그랬는지 점심도 역시 거르고 실험실로 향했다.

　실험복인 하얀 가운을 입고 조별로 나누어 테이블에 앉았다. 실습 테이블 위에는 해부용 도구들이 벌써 놓여져 있었다. 생물 선생님이 실험실 문을 열고 들어오신다. 한 투명한 박스를 들고 오시는데, 그 안에는 6마리 개구리가 "개굴~ 개굴~" 소리를 내고 있었다. 책상위에 내려놓으신다. 그리고 다시 나가시더니 작은 박스를 또 들고 오셨다. 거기엔 앞 박스에 들어있던 개구리보다 더 큰 개구리 2마리가 들어 있었다.

　"자, 오늘은 지난주에 이야기했던 대로 개구리 해부를 통해 심장, 창자 등이 어디에 있는지 직접 확인하는 시간을 가져보자!'

　작은 체구에 사실 우리 반 담임선생님이기도 했던 생물 선생님은 개구리 한 마리씩 꺼내어 마취통에 넣었다. 개구리가 마취가 되어야 배를 갈라 해부가 가능하다는 건 지난 시간에 배워서 알고 있었다. 한 마리씩 마취통에 들어가 기절하는 모습만 봐도 나는 똑바로 쳐다볼 수가 없었다. 선생님께서 나중에 가져온 2마리 개구리는 그 시절에도 유명했던 황소개구리였다. 보통 개구리보다도 1~2.5배가 크고 작은 개구리도 잡아먹는 잡식성으로 유명한 개구리다. 8마리가 모두 마취통에 들어갔다. 크기가 작은 참개구리들은 얼마 지나지 않아 기절했다. 선생님은 6마리를 차례대로 꺼내어 우리 조부터 시계방향으로 한 마리씩 뒤집어서 나눠 주셨다.

뒤집힌 개구리를 친구들은 핀으로 다리를 고정했다.

　나머지 황소개구리 두 마리는 크기도 큰지 마취가 되는데 다른 개구리들보다 2배 이상 걸렸다. 결국 기절한 두 마리도 남은 조 테이블 위에 뒤집힌 채로 곧 시작할 우리들의 제물로 바치게 되었다. 내가 속한 우리 조는 벌써 친구가 메스를 들고 배를 가르고 있었다. 잘 갈라야 장기 손상이 없어서 우리 조에서 자르는 데 자신감이 넘치는 한 친구가 천천히 메스를 들고 진행하던 중이었다. 다행이 잘 갈라져서 장기가 보이기 시작했다. 그런데 개구리 장기를 직접 보니 속이 더 메스꺼웠다. 그래도 책에서 본 사진과 비교하면서 공책에 다시 적기 시작했다. 비위가 좋았던 우리 조 친구들도 참기 힘들었는지 구역질을 하기도 했다. 그래도 비교적 잘 진행되는 것 같았다.

　황소개구리를 받은 다른 조 친구들도 배를 갈라서 장기를 보고 있었다. 그런데 그 순간 엄청난 사건이 발생했다. 황소개구리가 마취에서 깨어난 것이다! 핀으로 고정되어 있는 앞다리가 움직였다. 조금씩 움직이더니 다리에 꽂힌 핀을 뽑아버렸다. 반대쪽 앞다리도 같은 상황이 되었다. 그리고 뒷다리에도 힘을 주더니 꽂힌 핀을 다 뽑아버리고 뒤집혀 있는 몸을 다시 돌렸다. 배가 갈린 채로 다시 원위치로 서게 된 것이다! 마취가 완전히 깼는지 테이블 위를 뛰어다니기 시작했다. 친구들도 처음 보는 광경에 놀랐는지 뒷걸음치기 시작하고, 소리를 지르기 시작했다. 나는 그 모습을 보고 눈을 감았다.

　선생님도 이런 경험은 처음이신지 조금 놀라긴 하셨지만, 뛰어다니는 황소개구리를 붙잡더니

"마취가 제대로 되었는데 이걸 이기는 개구리는 처음 봤어!"하시며 창 밖으로 집어던졌다. 친구들과 같이 창문으로 어떻게 되었는지 바라보았다. 실험실이 2층이었는데, 황소개구리는 살았는지 배가 갈린 채로 저 멀리 뛰어서 사라져버렸다. 아! 자기 배가 갈린 채로 뛰어다니는 개구리……. 내 생애 처음이자 마지막으로 해본 해부! 사람은 아니지만 그 황소개구리에게 삼가 조의를 표한다. 그렇게 직접 장기를 보니 이해는 더 빨랐던 것 같았다. 우리 조에서 개구리의 배를 잘 갈랐던 그 친구는 지금 의사가 되었다. 천성에 맞았나 보다. 이 사건도 계기가 되어 개구리만 보면 도망간다. 아날로그적인 시절에 해부도 재미있었다. 지금은 인터넷을 쳐보면 다 나오니 감흥은 덜한 것 같다. 다시 그 시절로 가서 해부하라고 하면 다시는 못할 것 같다.

치고 빠지던 야간 자율학습!

중학교 3학년 연합고사를 마치고 고등학교에 진학했다.

고등학교 1학년 때는 6, 7교시를 마치면 4시쯤 되어 하교했다가 저녁에 학원에 가서 부족한 과목을 공부하는 일상의 반복이었다. 2학년에 올라가니 사교육 방지와 학생들의 자율적인 공부를 유도하는 목적으로 야간자율학습을 밤 10시까지 실시한다고 했다. 그 시절 나는 학생의 본분을 다하고 성적에 떨어지지 않기 위해, 좋은 대학에 가기 위해서 나름대로 공부를 열심히 하던 시절이었다.

그러나 나도 사람이기에 매일 계속되는 공부에 지치고 하기 싫은 날도 있었다. 이런 날은 그냥 이어폰을 끼고 배철수의 '음악캠프'에 주파수를 맞추어 놓고 책만 펴놓고 멍하게 있다. 귀에는 익숙한 팝음악을 듣는데 집중하고, 책은 눈에 들어오지 않는다. 그렇게 몇 분 지나다 보면 피곤한지 졸리기 시작한다. 옆을 돌아보면 벌써 엎드려 자는 친구들도 많다. 아예 공부가 하기 싫은 친구들은 짐을 싸놓고 선생님이 안 계신 틈을 타서 집으로 도망가기도 한다. 그걸 보면 정말 공부하기 싫은 날은 집에 가고 싶어진다.

잠깐 화장실에 가기 위해 나왔다. 화장실 오른쪽은 고3 선배님들 교실이다. 지금 생각해보면 한 살 밖에 차이 나지 않아 같이 늙어가는 처지로 편하게 대하지만, 그땐 한 학년 위가 제일 무서웠다. 그리고 고3이 되면 이제 대학입시가 코앞에 다가오니 불안함도 커지고 야간 자율학습도 전쟁 분위기를 방불케 한다. 우리 반은 공부하는 친구들이 10명도 안되고, 교실이 빈자리가 많이 보이는데 반해 고3 선배님 교실은 빈자리가 보이지 않을 정도로 꽉꽉 들어차 있다.

공부하는 분위기가 너무 살벌해 보여 바로 내 자리로 도망치듯이 돌아왔다. 앉았는데 그래도 공부가 되질 않는다. 친구들에게 감독 선생님이 보이지 않으면 나가자고 물어봤다. 친구들도 흔쾌히 대답하고 같이 짐을 싸서 나갔다. 10시에 끝나는데 아직 1시간이나 남았지만, 배도 고프고 해서 일단 우리가 제일 좋아했던 분식집으로 갔다. 떡볶이와 순대, 김밥 등을 골고루 시켜서 같이 나온 친구 3명과 함께 눈깜짝할 사이에 해치웠다. 정말 잘 먹는 시기였으니 먹어도 배가 차지 않았다. 다 먹고 나서 친구들이 한마디씩 했다.

"분식집도 맛있는데……. 우리 다음에는 치킨집에 가서 치킨이나 먹자! 어때?"

"좋아. 그런데 치킨만 먹는거야? 우리 맥주도 한 잔 마시자!"

"아직 미성년자라 안 줄걸?"

"그러면 우리가 수퍼에서 하나 사가지고 숨겨서 먹자! 어때? 괜찮겠지?"

"오, 그거 괜찮은 생각인데……. 가서 콜라 시키고 몰래 한잔씩 따라서 먹으면 되겠다."

이렇게 의기투합이 되어 일단 다음 날 야간자율학습 시간에 결행을 하기로 하고 각자 집으로 돌아갔다. 다음날 아침에 칠판 앞에 야간 자율학습에 도망간 명단이 적혀 있었다. 나와 친구들 다 포함되어 있었다. 아마도 우리 나가고 나서 남아있던 친구들이 담임선생님께 이른 것 같았다. 그 당시 우리 담임 선생님은 키도 크시고 덩치도 무척 크셨다. 제일 놀랐던 건 손 크기가 어마어마하게 커서 거인손 같았다. 선생님의 특기는 우리가 잘못했을 때마다

"네 교복 단추 하나 풀고 가슴을 열어!"

그렇게 하면 오른쪽 가슴을 손바닥으로 내리친다. 짝~ 선생님 손바닥과 내 가슴살이 닿아서 만드는 아주 아름다운 중창이다. 귀가 찢어질 거 같은 소리와 아픔이 동시에 밀려온다. 평소에 야간 자율학습에서 잘 도망가지 않는데, 하필 도망간 날 담임 선생님께 걸리다니 억울했다. 친구들과 같이 "가슴을 열어"에 손바닥 자국을 하나씩 남겼다.

수업을 다 듣고 다시 야간 자율학습을 시작하고 얼마 지나지 않을 때였다. 같이 몰려다니는 친구 한명이 정말 오늘은 꼭 치킨을 먹으러 가야겠다고 조금만 공부하다가 나가자고 했다. 그러나 아침 여파도 있고 오늘도 또 도망가다가 담임선생님께 또 걸리면 더 맞고 혼날까봐 망설였다. 그

래도 배도 너무 고프고, 공부도 안되다 보니 친구들과 다시 의기투합해서 가방만 챙겨서 나갔다. 그리고 학교 근처에 있는 알고 있던 치킨집을 찾았다. 들어가기 전에 수퍼마켓에 들러 맥주 2병을 사서 가방에 숨겼다.

저 앞에 우리가 찾던 치킨집이 보인다. 치킨집에 들어가서 후라이드 치킨 1개, 양념치킨 1개 및 콜라를 시켰다. 치킨집 사장님은 우리가 미성년자인걸 알았지만, 그때는 지금처럼 미성년자에게 술을 팔아도 아무런 제제가 없는 것으로 기억한다. 일단 배가 고프니 치킨세트와 콜라를 먼저 시켰다. 메뉴 나오자마자 닭다리, 날개 등 상관없이 고루 들어 잘 먹기 시작했다.

조금 먹고 나서 가방에 숨겼던 병맥주 한 병을 꺼냈다. 치킨집 사장님이 안 계신 걸 확인하고 꺼내어 빈 컵에 조금씩 따라주었다. 그리고 잽싸게 한잔을 비웠다. 친구들에게도 한잔씩 다 맥주를 다 돌렸다. 그때는 아직 18살이라 미성년자가 술을 먹으면 안 되는 시기였다.

그렇게 친구들과 좋은 시간 보내면서 술도 자유롭게 먹다 보니 맥주로만 5병은 넘게 먹었다. 친구들도 조금씩 취기가 오르다 보니 조금 편하게 이야기할 수 있었다. 그러다가 결국 그 술집에서 가서 나도 맥주 한잔 몰래 마셨다. 시간이 흐를수록 정신이 흐려진다. 목소리도 커지고 했던 말을 계속 반복하게 된다. 갑자기 내 앞에 검은 그림자가 보였다. 그 그림자의 목소리가 들린다.

"나도 한 잔 주라! 재미있는 시간 보내고 있네!"

"어! 그래! 한 잔 받아."

나는 그 그림자에게 맥주 한잔을 컵에 따라주었다. 한 잔을 쭉 들이키더니 다시 말을 한다.

"가슴을 열어!"

헉! 나와 친구들은 그 말을 듣고 깜짝 놀랐다. 그랬다. 그 그림자는 담임 선생님이셨다. 야간 자율학습 시간에 공부안하고 치고 빠지는 우리들을 잡으러 오신 것이다. 그 다음은 말 안 해도 뻔하다. 모두 가슴에 손바닥 자국을 하나씩 남기고 교실로 질질 끌려 들어왔다. 다음날 등교하고 나서도 오전에도 뒤에서 무릎 꿇고 반성해야 했다. 오래전 기억이지만, 그래도 야간 자율학습 덕분에 공부를 조금이라도 하여 대학에 갈 수 있었던 건 자명한 사실이다. 지금도 고등학생들을 보면 야간 자율학습을 하고 밤 늦게 돌아가는 경우가 많다. 이제 제4차 산업혁명 시기가 도래하는데 예전처럼 무식하게 학생들을 앉혀 놓고 야간 자율학습을 시키는 건 아닌 것 같다는 생각이 든다.

그 뒤로 가끔 우리들은 그렇게 혼나고 나서도 공부에 대한 스트레스를 받으면 치킨집으로 향하곤 했다. 아직도 그 치킨집은 그 자리에 있을지 시간나면 한번 학교 근처에 가봐야겠다.

싸우고, 터지고, 화해하고

어릴 때부터 30년 넘게 보고 있는 미국 WWE 프로레슬링을 보면 스트레스가 확 풀리고 쾌감이 든다. 두 거구의 프로레슬러가 주고받는 기술 하나 하나에 열광한다. 어릴 때부터 싸움을 싫어했고 또 못했던 나는 아마도 이 프로레슬링을 보면서 대리만족을 느꼈던 것 같다. 길을 가다가 누구랑 부딪히거나 시비가 붙어도 먼저 사과하고 꼬리를 내리는 편이다. 자동적으로 "죄송합니다. 미안합니다."가 입에서 나온다. 초등학교 시절에도 친구들과 항상 사이좋게 지내진 못한다. 사소한 일에 말싸움도 하고 남자들끼리 있으면 큰 싸움으로도 번지곤 한다.

초등학교 4학년 시절이었다. 지금도 가끔 연락하는 죽마고우들과 그 시절에도 같이 운동하고 게임하면서 뭉쳐다니곤 했다. 지금은 무엇 때문에 싸우게 되었는지 기억이 잘 나진 않지만, 아마도 게임을 하다가 무리 중 친구 한명과 시비가 붙었다. 지금 생각하면 웃기지만 나는 나름대로 이런 판단을 하면서 내 자신을 보호하면서 판단을 했던 것 같다.

'저 친구는 내가 싸워도 못 이길 거 같으니 괜히 시비 걸지 말고 가만보자. 이 친구는 내가 싸워도 한번 만만할 거 같은데⋯⋯.'

이런 어리석은 판단을 하면서 친구들을 만났던 것 같다. 그 날도 아마도 싸워도 만만한 친구와 사소한 일로 말다툼을 하다가 결국 주먹다짐까지 가게 되었다.

"야! 내가 너쯤은 싸워도 이길 수 있어. 어디 한 주먹도 안 되는 ○○가!"

"너야말로 말만 많지. 한번 제대로 붙으면 넌 나한테 한 주먹도 안돼!"

그렇게 신경전을 벌이다가 결국 순식간에 나도 얼굴을 정통으로 맞았다. 친구가 발로 차고 주먹으로 계속 치길래 나도 맞고만 있을 수 없어 같이 맞받아쳤다. 그렇게 몇 번의 주먹이 오고간 뒤 주변에 같이 있던 친구들이 말리기 시작했다. 맞았던 입술은 피가 나기 시작했다. 그 친구도 조금은 멍이 든 것 같았다. 그래도 분이 풀리지 않은 우리들은 친구들을 뿌리치고 다시 주먹다짐을 했다.

"야! 그만 좀 해. 선생님 오시는 것 같아!"

"너 이따 수업 끝나고 학교 뒷 건물에서 기다려! 알았냐?"

"그래! 좋다 이따 끝나고 다시 한 번 붙어보자."

이렇게 싸움은 일단락되었고, 옷과 얼굴도 엉망이다. 일단 화장실에 가서 얼굴과 손을 씻고, 피가 입술도 닦아내었다. 아무 일 없다는 듯이 교실로 들어갔다. 싸웠다는 건 티가 나지 않았다. 그때가 내 생애 처음으로 치고 박고 싸웠던 기억이다. 싸워보니 별 것 아니라고 생각했지만, 사실 무서웠다.

성격 자체가 상남자 스타일이 되지 못했고, 싸우는 것에 대해 두려움이 컸다. 수업이 끝나고 학교 뒤에서 기다리라고 해놓고도 다시 싸우긴 싫었다. 그렇게 고민한 끝에 그 친구에게 먼저 사과를 했다.

"야! 내가 미안하다. 먼저 잘못한 것 같아서……."

"나도 미안해. 나도 먼저 사과하려 했는데……."

그렇게 둘이 마주보며 화해를 하고 일단락 지었다. 그 친구도 사실 싸우는 게 싫었다고 했다.

그 뒤로는 시비가 붙어도 주먹다짐까지 가지 않도록 조심했다. 하지만 6학년 2학기 때 서울에 있는 학교로 전학 갔을 때는 촌놈이 서울로 전학을 왔다는 이유만으로 여러 명에게 둘러싸여 일방적으로 맞은 적도 있었다. 그때 한 사람만 잡고 때리려다 다시 넘어져서 맞다가 선생님과 다른 친구들의 도움으로 겨우 빠져나온 적도 있었다. 아직까지도 그 친구들에게 사과라고 받은 적은 없다. 벌써 27년전 이야기지만 어제처럼 그 일은 생생하다. 사춘기를 지나서도 웬만하면 싸우고 싶지가 않아서 조금 나보다 강하다 싶은 생각이 드는 친구들에겐 꼬리를 내리는 경우가 많았다. 어차피 싸우면 얻어터지는 건 기본이고 내 몸에 상처가 날 텐데 그게 너무 싫었다.

그렇게 지내다가 대학을 졸업하고 사회생활 초년시절에 대학동기들과 오랜만에 술자리가 있었다. 즐거운 술자리가 이어지다가 사소한 일로 동기와 밖에서 말다툼이 생겼다. 지금 생각해보면 정말 사소한 일이었는데, 술을 좀 먹다보니 감정이 더 격해진 상태가 되었나 보다. 술집이 1층이었는데, 2층이 아직 임대를 구하고 있던 빈 사무실이었다. 술집 밖에서 계속 말다툼이 계속되다가 동기가 소리쳤다.

"2층으로 올라와! 아까 보니 저기 비어있는 거 같은데.. 아예 저기서 한 번 붙어보는 건 어때!"

"그래! 좋다. 오늘 한번 제대로 붙어보자!"

2층으로 올라갔다. 영화 '인정사정 볼 것 없다'에서 나오는 유명한 싸움 장면 까진 아니지만 정말 치고 박고 싸웠던 것 같다. 약 5분간 정말 인정 사정 없이 서로 주먹을 주고 받고, 다리로 차고 같이 넘어지면 덮쳐서 같이 구르기도 했다. 그 사이에 우리가 없어진 걸 알고 뒤늦게 올라온 동기들이 말리고 나서야 싸움이 끝났다. 술도 다 깬 상태였다. 동기들은 대체 무슨 일이 있었길래 어린 아이들처럼 치고박고 한 거냐고 물어본다. 또 입술이 터져 피가 났고, 동기는 코피가 나고 있었다. 다시 1층 술집으로 내려갔다. 술 한 잔을 먼저 주면서 사과했다.

"아무것도 아닌 일로 내가 괜히 너를 오해했던 것 같다. 미안하다."

"그러게. 근데 정말 너 그 후배 좋아하는 거 아니지? 그 후배는 내가 찜 했어. 알았냐?"

"좋아하긴 하지만 니가 찜해도 그 친구가 너 안 좋아할걸?"

하는 소리에 또 발끈하지만 이내 한 잔 받고 웃어넘긴다. 그랬다. 어이 없는 일로 주먹다짐까지 한 것이다. 지금 그 후배는 아직까지 결혼을 안 한 것으로 알고 있다. 싸움에 대한 기억은 많지 않지만, 이렇게 주먹다짐 을 통해 싸움을 해보는 경험도 나에게 특별하고 행복한 경험이었다. 남자 들은 한두 번 치고박고 나서야 그 우정을 확인하고, 또 오랫동안 볼 수 있 는 토대가 되기에… 그래도 난 싸움은 싫고, 평화주의자다.

아지와 함께 했던 시간들!

    고등학교 1학년 시절 이모가 키우던 치와와 마르티스 사이에서 태어난 작은 강아지 한 마리를 집으로 데려왔다. 그때가 1994년 이맘때쯤으로 기억한다. 원래 개를 무서워하고 싫어해서 개를 키우는 것에 무지 반대했다. 그러나 여동생이 너무 키우고 싶다고 했고, 강아지가 너무 귀여워서 한 번 키워보기로 했다.

    그렇게 우리 가족이 되어서 이름은 '아지'라고 지었다. 강아지에서 강만 빼고 불렀는데, 어감이 좋아서 계속 그렇게 부르게 되었다. 꼭 모습이 영화 '그렘린'에 나오는 기즈모처럼 생겨서 정말 귀여웠다. 하는 짓도 애교도 많아서 개를 싫어했던 나도 점차 아지를 아끼게 되었다.

    항상 야간자율학습을 마치고 아파트 현관까지 오면 늘 문 앞에 나와 짖고 있다. 문을 열고 들어가면 꼬리를 흔들며 좋아한다.

하루는 학교에서 수능 모의고사 성적이 너무 떨어져서 야간자율학습 시간에도 공부가 잘 되질 않았다. 마음은 무겁고 집에 가면 부모님께 이야기를 해야 하나 말아야 하나 고민도 되었다. 겨우겨우 야간자율학습을 마치고 하굣길에 올라 집 앞까지 왔다. 정말 기분이 좋지 않았다. 다른 승부욕은 없었는데 성적이 떨어지는 것은 스스로가 용납되지 않았다. 아파트 입구에 와서도 인상이 펴지지 않고 우울하기만 했다. 아파트 문 앞까지 오니 아지가 짖는 소리가 들린다. 그 소리 마저 오늘은 정말 듣기가 싫었다. 초인종을 누르면서

"아지야! 오늘은 이 주인님이 좀 힘든 일이 있단다. 그만 짖어라! 네가 짖으니까 화도 나고 힘드네."

라고 중얼거리고 있으니 문이 열린다. 문 앞에 꼬리를 흔드는 아지가 나를 애처롭게 바라보고 있다. 주인이 왔다고 반갑다고 난리다. 그 모습을 보니 조금은 기분이 풀렸다. 이렇게 우울할 때나 피곤해도 아지를 보는 낙으로 살았던 것 같다.

고등학생 시절과 달리 대학 시절은 매일매일 수업이 끝나면 노는 날의 연속이었다. 술을 먹고 늦게 와도 늘 반겨주었다. 술에 취해 문 앞에 서 있으면 새벽이든 언제든 간에 자다가도 벌써 나와 있다. 문을 열고 들어가면 엄마의 꾸지람을 또 듣지만 반겨주는 아지 덕에 기분은 또 풀리고 잔다. 그러다 가끔 기분이 좋지 않았던 날은 화가 나서 아지에게 그냥 분풀이 한다고 발로 차기도 해서 참 미안하기도 했다. 지금도 그 생각을 하면 너무 아지에게 미안하다.

군대에 입대했다. 몇 달 만에 휴가를 오랜만에 만나도 늘 먼저 알아봐 주는 아지였다. 나는 오랜만에 만나면 좀 낯설지 않을까 생각했다. 그래도 아지에게 주인의 향기라는 게 있나보다. 어떻게 알았는지 엘리베이터를 내리고 딱 아파트 문 앞에 섰는데 벌써 아지의 킁킁거리는 소리가 들린다. 군대에서 힘든 훈련과 고참의 갈굼도 아지를 통해 또 풀린다.

그렇게 세월이 흘러가면서 아지도 나이를 먹어갔다. 사회생활을 하고 30대가 되고 결혼하고 따로 살게되어 정든 아지와 이별을 하게 되었다. 그때 아지의 나이가 18살이었다. 개의 수명이 보통 15년 전후라고 한다. 그렇게 따지면 아지는 벌써 사람으로 따지면 노인의 나이다. 벌써 눈이 하나 멀었고 다리는 뒷다리가 힘이 없어 세 다리로 절룩거리며 걸었다. 배설물도 아무데나 싸고……. 개도 치매가 오는 걸 뒤늦게 알았다. 나와 동생, 아버지는 사회생활을 하다 보니 결국 아지를 관리하는 것도 어머니 몫이었다. 어머니는 이것 때문에 상당한 스트레스를 받으신 모양이다.

결국 가족회의를 한 끝에 아지를 안락사 시키기로 했다. 따로 살고 일이 바빴던 시기라 여동생과 매제, 아버지가 가서 주사를 맞히고 안락사 시켰다. 죽어가는 아지를 보며 여동생은 엄청나게 눈물을 흘렸다고 한다. 그리고 화장터에 가서 화장을 하고, 안양천변 양지바른 곳에 묻어주었다. 나는 그 자리에 없었지만 매제를 통해 전화를 받고 나서 그날 밤 혼자서 소주 한 병을 마시고 엄청나게 울었다.

"아지야! 아지야!"

그렇게 가족을 한 명 떠나 보내는 것처럼 너무나 슬프고 공허했다.

시간이 지나고 아지가 있는 안양천변에 잠깐 들렀다. 5년이 지난 지금도 아지가 그립다. 18년을 같이 살았던 식구가 떠난 것과 같으니까. 이맘 때쯤 되면 아지가 많이 보고 싶다.

저 하늘에서 잘 지내고 있지? 보고 싶다. 아지야!

내가 힘들었던 그 순간들에 아지가 있어서 행복하게 버틸 수 있었다.

짧지만 행복했던 여행의 추억!

여행을 즐겨 하지 않지만 그래도 결혼 전에는 1년에 한차례 정도는 국내나 해외로 바람을 쐬러 나간 적은 있다. 2004년 사회생활을 시작하고 나서 2년차가 되던 해 수원 화성 지구단위계획 프로젝트에 참가하게 되었다. 이 프로젝트 사례조사로 일본에 가게 될 기회가 생겨 처음으로 해외에 나가보게 되었다. 회사 상사 2분과 동기와 내가 우리 회사에서 참여하게 되었고, 다른 협력사와 지자체 관계자등 20명 정도가 같이 가게 되었다.

7월 여름에 4박 5일의 일정으로 역사관광 및 사례조사 (교토, 히메지, 구라시키, 히로시마, 후쿠오카)를 마치고 마지막 날에 유후인에 가서 온천을 즐기는 코스였다. 사실 그때 첫 번째 회사에서 월급이 밀리면서 회사를 다니던 터라 매일매일 힘들었다. 부서 사람들이 한두 명씩 그만두고 그 사람들이 하던 일을 남은 사람들이 다 처리를 해야 했던 터라 야근과 철야근무가 상당했다. 원래 이 사례조사도 과장급 이상 직원들만 갈 수 있었는데, 중간급 직원들이 다 나가는 바람에 사원이었던 나와 동기에게 까지 기회가 올 수 있었다. 일로 가는 거지만 그래도 처음 나가는 해외여행에 설레었다. 돈은 없어서 아르바이트를 해서 벌고 있던 10만 원만 은행에서 환전했다. 또 처음으로 구청에 가서 여권을 만들었다.

인천공항을 통해 비행기를 탔던 기억은 아직도 잊혀지지 않는다. 해외로 나가는 비행기는 그때가 처음이라 모든 게 신기했다. 1시간 좀 넘게 걸리는 비행기에서 나오는 식사도 인상적이었다. 예쁜 스튜디어스들이 친절하게 서비스를 제공하는 것도 인상적이었다. 간사이 공항에 내려서 같이 가셨던 인원 분들과 인사를 나누고 버스로 같이 이동하기 시작했다.

오사카에서 교토로 이동하여 교토역과 애니메이션으로 유명한 지브리 스튜디오 등을 구경했다. 근처 아톰 스튜디오에 가서 어릴 때 보던 아톰도 원없이 보았다. 일본 도심지는 우리나라 서울 도심지와 별 차이가 없었지만 이면부 동네로 갈수록 깨끗하고 아기자기한 맛이 있었다. 교토를 거쳐 히메지에 가니 정말 일본 특유의 사찰 분위기를 느낄 수 있었다. 만화 '바람의 검심'을 통해서 보았던 배경 화면들을 실제로 보니까 더 감격스러웠다. 이상하게 일본은 거리가 상당히 깨끗하고 조용했던 것으로 기억한다.

구라시키로 갔을 때는 일본 특유의 시골 마을이 생각났다. 마을이 상당히 조용하고 깨끗했고, 저녁에 선술집에 가서 사케 한잔을 먹을 때는 세상을 다가진 기분이었다. 일본에 가서 먹는 사케 한잔의 맛은 정말 일품이었다. 일본 고유의 음식도 코스로 원없이 먹었다. 1인당 5만엔 정도의 고급코스 요리가 매 끼니마다 나오니까 정말 식사 때는 무슨 음식이 나올지 매번 기대가 되었다. 좀 특이했던 점은 식사할 때 늘 맥주가 한 병씩 나왔다. 물어보니 일본은 코스 요리를 먹을 때 시원한 맥주 한잔과 같이 하면 더욱 좋다는 이야기를 들었다.

구라시키를 떠나서 제2차 세계대전의 피해가 그대로 남아 있던 히로시마와 후쿠오카를 거쳐 유후인에 도착했다. 유후인은 정말 온천의 도시다. 역시 일본 특유의 거리 양쪽으로 온천을 즐길 수 있는 료칸이 늘어서서 있다. 여행 마지막 날이다 보니 좀 피곤도 했다. 료칸에 짐을 풀고 온천으로 가서 여독을 풀었다. 한국에 사우나와는 또다른 느낌이었다. 그렇게 처음으로 떠났던 일본여행도 마지막으로 가고 있었다.

한국으로 돌아오는 비행기 안에서 더 머물고 싶다는 생각이 들 정도로 여행이 주는 즐거움과 아쉬움이 교차했다. 그동안 사정 안 좋은 첫 회사에서 사람들 다 나가고 남은 인원이 많은 일을 처리하느라 스트레스가 이만저만 아니었다. 여행을 다녀오면 인생을 보는 눈이 좀 넓어지고 생각도 정리가 된다고 하는데, 나도 조금은 느낄 수 있었다. 힘든 일상에 작은 보상을 받는 기분이었다. 또 지칠 때 여행을 가거나 바람을 쐬고 오면 새로운 기분으로 다시 일상을 시작할 수 있을 것 같은 생각이 들었다.

그렇게 첫 직장을 버티다가 결국엔 더 이상 생활이 되지 않아서 같이 있던 사수의 도움으로 새로운 직장으로 옮길 수 있었다. 그렇게 1년을 또 열심히 일에만 매달리면서 스트레스는 여전히 술로 보내는 일상의 연속이었다. 그래도 하던 일의 성과가 좋아서 결혼하지 않은 직원들끼리 유럽을 가게 되었다. 9박 10일 일정으로 이탈리아의 로마, 베네치아, 스위스의 루체른, 독일의 뮌헨, 퓌센, 프랑크푸르트로 이루어진 3개국 6개 도시를 가는 여정이었다.

인천공항을 떠나 홍콩을 경유하여 로마 공항으로 가는 일정이 처음이었다. 홍콩에서 12시간 후 경유해야 하여 홍콩 시내를 반나절 동안 열심히 구경했다. 트램을 타고 올라가 빅토리아 파크를 보고 내려오면서 패션타운도 구경했다. 그렇게 다시 로마로 가는 비행기를 타고 자고 일어나니 꿈에서나 보던 이탈리아에 오게 되었다. 로마 시내를 돌면서 포로로마나, 웅장한 콜로세움 등을 보면서 로마 역사를 다시 한번 음미해 보았다. 특히 로마는 야경으로 유명한 도시라 곳곳에 있는 아름다운 성당과 성 등을 돌아보았다. 감탄의 연속이었다.

로마 안에 있는 또 다른 도시이고 교황님이 계신 바티칸 시티도 안내를 받으면서 책에서만 보던 미켈란젤로의 '천지창조'와 성 베드로 성당을 직접 보니 감탄사만 연발했다. 이후 수상도시 베네치아에서 배를 타고 이동하던 추억, 정말 살고 싶은 생각이 들었던 공기 맑은 루체른, 맥주축제로 온 동네가 시끄러웠던 뮌헨, 동화의 나라에 온 듯한 퓌센 등 유럽을 여행하는 순간순간이 그저 나에겐 새롭고 기분 좋은 경험이자 추억이었다.

얼마 전 휴가로 오랜만에 부모님, 여동생 가족과 함께 여름휴가로 제주도 여행을 다녀왔다. 어릴 때 4명의 가족에서 이젠 9명으로 늘어난 우리 가족이 함께 돌아다니고 식사하면서 추억을 쌓으니 이런 게 행복이란 것을 오랜만에 느껴보았다. 사람들이 왜 여행을 자주 다니는지 조금은 이해가 될 것 같았다. 바쁜 일상에 지칠 때 이렇게 한번쯤 여행을 통해 힐링하는 것도 참 좋다는 생각이 든다. 길지 않게 살았던 내 생애에 그래도 짧지만 강렬했던 여행의 추억을 통해 다시 한 번 행복을 느껴본다.

처음 맞이했던 비디오 게임

초등학교 5학년에 올라가서 처음으로 반장이 되었다. 계속 부반장이었다가 처음으로 한 학기 동안 반장으로 반을 이끌게 되었다. 초등학교 시절부터 공부를 잘하다 보니 그 시절은 공부 잘하는 모범생들을 반장 후보로 추대하여 그 중에 투표로 가장 많은 표를 얻은 친구가 반장이 되던 시절이었다. 반장이 되었으니 다른 친구들에게 모범을 보여야 하여 나쁜 짓은 하지 말라고 담임선생님께서 신신당부하셨다.

그러나 나는 반장이 되던 그날부터 여전히 몰래 친구들과 방과 후에 오락실에 드나들곤 했었다. 이미 오락실에 가는 것은 나의 여가생활이 되었지만, 부모님과 선생님에게 들키면 아직도 혼났다. 그래서 방과후에도 친구들과 놀이터에서 논다고 하고 거의 매일 오락실에 출입을 했던 것 같다. 한달에 한번 꼴로 새로운 게임이 나오던 시절이라 매번 갈 때마다 새로운 기분으로 갔다.

그러던 어느 날 담임선생님께서 오락실에 가는 친구들을 제보하면 상을 주겠다고 하셨다. 그것도 매일 아침에 자기에게 이야기를 해주면 상을 주고, 오락실에 간 사람들은 벌을 주겠다고 하신 것이다. 나는 그 말을 듣고 조금 뜨끔하긴 했다. 쉬는 시간에 친구들과 모여서

"설마 우리가 걸리겠어? 어제 했던 수왕기 말이야. 너무 재미있지 않았냐? 사람이 뭘 먹으니까 갑자기 호랑이로 변해서 적들을 쉽게 쓰러뜨리고……. 오늘도 수업 끝나면 한번 가서 즐기자!"

라고 대수롭지 않게 여겼다. 방과 후에 친구들과 나는 또 오락실에 가서 아까 언급한 '수왕기'라는 게임을 했다. 그런데 어느 날과는 다르게 뒤에 누군가가 꼭 있는 듯한 느낌이 들었다. 뭔가 싸한 느낌이 계속 들어 찝찝했다. 그래도 신경 쓰지 않고 계속 친구와 이야기하면서 게임을 즐겼다.

다음 날 아침 조회 시간에 담임선생님이 쪽지 하나를 꺼내시더니 칠판 구석에 이름을 쭉 적으셨다. 처음에는 반 친구들도 무얼 적는 건지 의아해했다. 나도 처음엔 궁금하다가 뭔가 이상하다는 느낌이 들기 시작했다. 아니나 다를까? 내 이름도 적혀 있다!! 아차 싶었다. 올게 왔다는 생각 밖에는 아무 생각이 나지 않았다. 선생님께서 이름을 다 적고 나서서

"어제 오락실 갔던 ○○ 이름들이야! 적혀 있는 친구들은 다 나와!!"

여자분이지만 평소에도 무섭고 생긴 모습이 꼭 호랑이 같아서 호랑이 선생님으로 불린 담임선생님 호출에 나도 앞으로 나갈 수밖에 없었다. 안

그래도 마음이 약한데 오락실 간 걸로 걸렸으니 이제 큰일 났다고 생각되어서 몸이 벌벌 떨렸다. 친구들과 같이 나갔다. 한 대 맞고 수업시간 한 시간 내내 뒤에 가서 반성하라는 의미로 무릎 꿇고 손들고 서 있었다. 하루로 끝날 줄 알았다. 정신 못 차리고 그날 방과 후에 〈수왕기〉의 손맛을 잊지 못해 또 갔다. 다음날도 또 걸렸지만 벌서고 방 과후에 또 게임을 하러 갔다. 그 다음 날도 마찬가지였다. 그러다 4일째 되는 날 아침 담임선생님께서 다시 명단을 칠판에 적으셨다.

"3일 내내 간 사람은 부모님에게도 알리고, 아주 큰 벌을 주겠다! 어떻게 반성을 하라고 했더니 하루도 못 넘기고 또 가냐고! 아직 정신을 못 차렸어!"

하시면서 엄청난 회초리를 휘두르고, 하루종일 뒤에 무릎 꿇고 손들고 있었다. 이제야 부모님께 이제 혼날 두려움과 '왜 갔을까?'라는 회한에 '내가 잘못했구나' 라고 느끼게 되었다. 그날 집에 돌아가서 어머니께 개 패듯이 맞고 죽다 살아났다는 슬픈 전설이 전해져 온다. 그 날 이후로 5학년 1년 동안 오락실에 가고 싶어도 갈 수가 없었다. 먼발치에서 바라만 보니 스트레스가 많았다. 그때 오락실에 같이 갔던 한 친구가 비디오 게임기를 샀다고 하여 집으로 초대했다. 안 그래도 오락실에 못가서 게임을 못하고 있어서 몸이 근질근질하던 차에 뭔가 한 줄기의 빛을 만난 듯했다.

수업이 끝나기 무섭게 친구와 같이 집으로 놀러갔다. 1980년대 일본에서 만들어진 'Famicom(패미컴)' 게임기였다. 우리나라에 들어올 때는 'Family(패밀리)'라는 이름으로 들어왔는데, 아담한 사이즈 본체와 Rom 팩 디스크를 삽입 후 텔레비전과 연결하여 게임을 하는 시스템이었다. 어릴 때 재믹스라는 게임기를 본 후 오랜만에 보는 비디오 게임기라 반가웠다. 친구가 일단 가지고 있는 게임으로 시범을 보였다. '수퍼 마리오'와 '돈킹콩'등 기라성 같은 고전게임이었다. 1인용, 2인용 플레이 모두가 가능하여 친구와 시간이 가는 줄 모르고 게임했다. 그래도 집에는 가야해서 아쉬움을 뒤로 하고 나왔다. 집에 가서도 그 마리오가 계속 점프하고, 돈킹콩이 공주를 구하러 가는 그 단순한 게임에 대한 여운이 길게 남았다. 엄마에게 게임기 이야기를 어렵게 꺼냈다. 하나만 사주면 공부도 더 열심히 하고, 오락실은 절대 안가겠다고 약속과 함께 말이다.

처음에 안 된다고 반대하시던 어머니도 아버지와 이야길해 보시겠다고 했다. 아버지와 이야기가 끝나신 건지 어머니는 다음 시험에서 평균 90점을 넘기면 사주신다고 약속을 했다. 시험이 가까워지자 미친 듯이 전과와 문제집을 풀었던 기억이 난다. 누가 시키지도 않았는데 아침 새벽에 일어나서 공부했다. 수업을 마치고도 게임기가 있는 친구집에 가지 않고 공부만 했다. 시험 결과는 역시 대성공! 그 주말에 회사일을 마치고 온 아버지와 함께 비디오 게임기를 파는 가게로 향했다.

친구가 가지고 있는 그 'Famicom (패미컴)' 게임기와 '수퍼 마리오'를 구입하여 집에 왔다. 너무나 들뜬 마음에 아버지와 같이 텔레비전에 연결하여 첫 플레이를 했다. 아직도 그 순간은 잊혀지지 않는다. 내 인생에 잊을 수 없는 기억 중에 하나이다. 그런데 너무 게임에 몰두하다 보니 어머니도 할 건 하고 남는 시간에 하라고 하셔서 계속 하고 싶었지만 말을 들을 수밖에 없었다. 시대가 변했어도 게임만 하고 싶은 그 마음은 변할 수 없는 것 같아 웃음이 난다.

그렇게 학창시절에 즐겨했던 비디오 게임을 처음 접하는 계기가 되었다. 중고등학교에 올라가서도 나의 외로움과 스트레스에 시달릴 때 버틸 수 있게 해준 취미중의 하나가 되었다. 게임을 하면서 그 캐릭터와 스토리에 푹 빠지다 보면 가상 세계이지만 나도 영웅이 될 수 있고, 사랑도 할 수 있고, 악당이 될 수 있는 대리만족을 많이 느끼며 이겨낼 수 있었다. 지금은 비디오 게임도 화려해지고 웅장해지면서 다양한 장르가 계속 쏟아지고 있다. 그러나 역시 그 시절 비디오 게임은 지금 보면 그래픽이나 사운드가 엉성하긴 하지만 게임 자체로의 재미로만 봤을 때는 정말 최고였다. 지금 게임도 재미없다는 건 아니지만 그때 느꼈던 그런 아기자기한 맛은 크게 없는 것 같다. 게임도 나를 채워주는 하나의 도구였다. 어릴 때 내가 가장 행복을 느꼈던 친구 중에 하나였으니까 말이다. 또 게임을 통해 내 감성을 많이 채울 수 있어서 지금도 나는 후배들이나 아이들에게 과도하게만 하지 않으면 비디오 게임을 즐겨보라고 권하고 있다. 앞으로 더 메말라가는 감성과 개인주의로 치닫는 인간관계에서 게임을 통해 극복하는 것도 좋은 방법이 될 것 같다. 오늘도 시간이 나면 오랜만에 예전 고전 비디오 게임을 즐겨봐야겠다.

오락실의 추억

8살이 되고 초등학교에 들어갔을 무렵 내가 사는 아파트 정문 앞에 오락실이 생겼다. 정문을 지나 길을 건너 모퉁이변 1층에 위치하여 지금 보면 입지여건도 굉장히 좋았던 것 같다. 학교 끝나고 지나갈 때마다 시끄러운 BGM (배경음악)에 무엇을 하는 곳인지 정말 궁금했다. 같이 다녔던 친구들도 궁금해 하기는 매한가지였다.

그러던 어느 날 하굣길에 너무 궁금해서 친구 한명과 함께 한번 오락실에 들어가 보기로 했다. 오락실 앞 맞은 편까지는 잘 왔는데, 막상 들어가 보려고 하니 발이 떨어지지 않았다. 사실 떨리고 무서웠다. 엄마가 저기는 나쁜 아이들이 가는 곳이라고 계속 이야기해서 뇌리에 박혀서 그런 것 같기도 했다. 그러나 이왕 궁금한 것은 못참는 성격에 문을 열고 들어갔다.

들어갔더니 일렬로 쭈욱 기계가 들어서 있고 그 앞에 의자에 앉아서 열심히 손잡이를 돌리며 버튼을 누르는 사람들이 있었다. 태어나서 8년 만에 보는 새로운 세계였다. 그냥 멍하니 서서 게임을 하고 있는 사람들을 천천히 구경할 뿐이었다. 머리에선 나쁜 짓을 하고 있다고 하지만, 어린 마음에 가슴 속에서 막 끓어오르는 기분이 들었다. 친구를 쳐다보고

"나도 하고 싶어. 우리도 한번 해볼래?"

하고 주머니에 손을 넣으니 하교길에 과자 사먹고 남은 거스름돈 100원이 있었다.

그 당시 50원을 넣으면 게임 한판이 가능했다. 모든 게 처음이라 새로워서 일단 나이가 많은 오락실 사장님처럼 보이는 아저씨를 찾아가서 어떻게 하는 거냐고 물어보았다. 나의 질문이 웃겼던 건지 귀엽게 봐 주신 건지 모르겠지만 아저씨는 친절하게 어떤 게임을 하고 싶냐고 웃으면서 다시 물어보셨다.

그 당시에 유명했던 게임이 '손오공'인데 납치된 삼장법사와 사오정을 구하기 위해 손오공과 저팔계가 천축국으로 향하는 내용이 주된 스토리였다. 1980년대 중반에 나온 게임으로 가로 스크롤의 진행방식으로 숫자로 써진 각 구역으로 이동하여 적을 물리치는 간단한 형식이었다. 이 '손오공'이란 게임이 가장 쉬워 보일 것 같아서 아저씨에게 저걸로 하겠다고 했다. 아저씨가 100원을 50원 동전 2개로 바꿔주셨다. 동전을 넣은 다음 친구와 나란히 앉아서 게임을 시작했다. 처음해보니 몇 번 하다가 캐릭터가 죽고 게임이 끝났다. 그래도 너무 재미있었다. 돈이 떨어지자 다른 사

람들이 하는 게임을 구경했다. 다른 게임 중 하나가 그 당시 유명했던 외화로 헬기가 나왔던 '에어울프' 시리즈이다.

'에어울프'도 가로 스크롤 게임으로 헬기를 조종하여 날아오는 적비행기와 땅에서 공격하는 적탱크를 맞서서 잡는 간단한 게임이었다. 두두둥 두우둥~~ 특유의 에어울프 주제음악도 삽입되어 구경하는 재미도 쏠쏠했다. 지금 게임은 그래픽이나 음악은 화려하지만 특유의 재미가 많이 떨어져서 한번 하고 나면 다시 찾지 않게 된다. 그러나 예전 오락실 게임은 지금 보면 아주 유치한 그래픽에 단순한 음악이 들리지만 게임 특유의 재미가 보장되고 간단하게 다시 즐기는 경우가 많다. 지금도 나는 가끔 회사 점심시간이나 퇴근 후 저녁에 잠깐 휴식할 때 인터넷으로 고전게임을 즐기면서 스트레스를 푼다.

다시 '에어울프' 게임을 하고 싶었으나, 돈이 다 떨어졌다. 아쉬움을 뒤로 한 채 집에가 서 엄마에게 과자를 사먹는다고 거짓말하여 돈을 달라고 했다. 엄마는 오늘 준 500원은 다 쓴 거냐고 물어보셨다. 과자 사먹느라 다 사먹었다고 했다. 그전까진 늘 과자를 사 먹어도 100~200원은 남았다.

친구와 나눠 먹었다고 둘러댔다. 더 이야기하면 엄마한테 혼날까봐 다음을 기약하기로 했다. 그러다가 엄마가 시장에 가셨을 때 동전이 든 저금통을 발견했다. 엄마는 늘 동전이 생기면 돌고래 모양의 저금통에 넣고 하셨다. 어린 마음에 정말 나쁜 짓을 하면 안 되었는데, 저금통에서 몇 백 원을 들고 몰래 오락실에 갔다. 미친 듯이 '손오공'과 '에어울프'를 번갈아 가면서 했다.

아주 재미있게 즐긴 뒤 오락실을 나오는 길에 딱 목욕을 마치고 오는 엄마와 여동생가 마주쳤다. 그 당시 30대 초반이던 엄마에게 질질 끌려가서 정말 개 패듯이 맞았다. 거짓말과 절도죄가 추가되었고, 엄마는 오락실은 나쁜 애들이 가는 곳이라고 가면 안 된다고 하셨다. 그리고 며칠동안 엄마 말씀을 잘 듣는 아이라서 친구가 가자고 해도 가질 않았다.

수업시간에 오락실 생각이 떠나질 않았다. 그 이후 엄마는 과자 사 먹으라는 돈도 주지 않아서 수중에 돈은 하나도 없었다. 엄마가 안 계시는 시간을 틈타 또 돌고래 저금통에서 몰래 동전을 빼내서 다시 오락실에 가서 〈에어울프〉를 시간 가는 줄 모르고 즐겼다. 콧노래를 부르면서 집에 돌아왔는데, 들어가니 분위기가 심상찮다. 엄마가 다시 저금통에서 동전을 빼간 사실과 오락실에 간 걸 다시 아셨다.

엄마에게 또 얻어터지고, 아버지가 퇴근하시고 와서는 빗자루로 정말 온 몸을 맞았다. 오락실에 간 것 보다 거짓말하고 몰래 돈을 가져간 게 더 나쁜 짓이라고 했다. 그렇게 맞고 울고 나서야 내가 정말 잘못한 것을 알았다. 정말 오락실을 가고 싶으면 엄마한테 이야기해서 허락을 받거나 시험을 잘 보면 가게 해 주겠다고 하셨다. 그 말을 듣고 공부를 정말 열심히 하게 된 계기 중 하나가 되었다.

오락실에 가고 싶어 아침 일찍 일어나 전과로 예습과 복습을 병행하면서 정말 열심히 했었던 것 같다. 초등학교 2학년이 스스로 새벽에 공부를 했다는 건 지금 생각해도 기적이다. 지금은 그렇게 일어나라고 해도 못 일어나는데……. 동기부여가 확실하니 매일매일 시험을 위해 전력투구를 했다. 그렇게 시험을 보고 성적이 잘 나오자 당당하게 엄마한테 오락실 가고 싶다고 말했다. 지금도 그렇지만 우리 엄마는 늘 쿨하다. 동전을 한움큼 주시더니 약속은 약속이니 다녀다오라고 하셨다. 가서 나쁜 형들은 조심하라고 하시면서 말이다. 정말 집에서 오락실까지 어린 나이의 걸음으로도 5분이면 가는데, 어서 가고 싶은 마음에 미친 듯이 달렸다. 정말 2~3분만에 오락실 문 앞에 도착한 후 거친 숨을 몰아쉬며 문을 열고 들어가는 그 순간 정말 행복했다. 그날따라 사람도 많지 않아 엄마가 준 동전을 다 쓰고 정말 즐겁게 게임했다. 지금은 공짜로 컴퓨터로 그 당시의 게임을 인터넷이나 유틸을 통해 즐기고 있는데, 할때마다 게임도 재미있지만, 그 당시 추억이 너무 떠올라서 좋다. 그렇게 허락받고 한번 갔다오고 나선 한동안 가지 않았다. 엄마와의 약속이기도 했고, 사실은 더 이상 주지 않는 용돈이 없어서 못 가게 되었다.

오늘도 점심시간이나 퇴근 후 쉬는 시간에 오랜만에 '손오공'과 '에어울프'를 즐겨봐야겠다. 요새 게임은 정말 눈에 들어오지도 않는다. 다시 그 시절로 돌아가 오락실 의자에 앉아서 돈을 넣고 미친 듯이 컨트롤러를 돌리고 버튼을 눌러보고 싶다. 다시 게임영상을 보면 그 시절에 내가 하고 있는 것같이 착각을 불러일으킬 정도이다. 그만큼 내가 하고 싶은 것이라 누구보다도 행복했다고 자부한다.

풋풋한 첫사랑

1995년 4집 이승환의 앨범 타이틀 곡 '천일동안'은 개인적으로도 정말 좋아하는 곡이다. 고등학교 시절 첫사랑과 헤어지고 나서 참 혼자 많이 듣고 노래방에서도 즐겨 부르고 했었다. 전람회로 유명한 김동률이 작사, 작곡한 노래로 지금도 들어보면 멜로디가 참 예술이다. 벌써 발표된 지 22년이 지난 지금도 여러 가수들에 의해 리메이크 되어 많이 부를 정도다.

이 노래는 이승환의 개인사가 반영된 노래였다는 건 최근에 알았다. 여자친구와 3년을 만나고 헤어지고 나서 개인적인 아픔을 노랫말에 담았다고 한다.

지금도 친하게 지낸 고등학교 친구 덕분에 난 가수 이승환을 알게 되었다. 그때까지 티브이에 나오는 김건모, 신승훈 등만 알았던 나에게 친구가 한 번 들어보라고 듣고 나선 바로 팬이 되어버렸다. 그때 처음 접한 음반이 바로 4집 '휴먼' 앨범이고, 타이틀곡이 바로 '천일동안'이었다. 점점 그의 음악에 빠지게 되어 데뷔 음반부터 쭉 듣게 되어 지금까지도 즐겨듣고 있다.

난 초등학교 6학년 때 그동안 광명에서 서울로 전학을 가게 되었다. 아버지가 서울로 전학을 가야만 성공할 수 있다(?)는 논리로 가기 싫다는 나를 여름방학이 끝나자마자 학교를 옮기게 되었다. 전학가고 나서 경기 촌놈이 왔다고 그 당시에도 체구가 작았던 나는 왕따라는 걸 처음 당하게 되었다. 그 전 학교에서 반장도 하고 공부도 썩 잘했던 내가 자신감을 서서히 잃어갔다. 그래도 시험에선 좋은 성적을 내다보니 친구들이 더 때리고 시기했었다. 그 당시에 나를 도와줬던 친구 몇 명 중 첫사랑이 있었다. 내 짝이었던 그 친구는 안경 끼고 머리가 길었는데, 쾌활한 친구였던 걸로 기억한다. 왕따를 당하던 나에게 늘 먼저 말 걸어주고, 친구들에게 그러지 말라고 충고도 해주었던 멋진 친구였다.

내가 전학 간 학교는 초, 중, 고등학교가 다 붙어 있다 보니 중, 고등학교도 같이 올라가게 되었다. 그러나 남녀공학이라 해도 중학교부터 남자반, 여자반이 따로 쓰다 보니 내 짝과도 자연스럽게 멀어지게 되었다. 그리고 사춘기가 오니 더 쑥스럽고 동성끼리 지내는 시간이 많아져서 내 짝도 중학교 시절은 같은 학교 내에 있었지만 어떻게 지내는지 전혀 몰랐다. 나의 왕따 시기는 자연스럽게 중학교에 올라오면서 사라지게 되었다.

그리고 고등학교 진학 후, 클럽활동이라고 학교 내 동아리 같이 매주 한 시간씩 모여서 듣는 수업이 있었다. 난 역사탐구반을 선택하였다. 클럽활동은 유일하게 남녀가 한 반에 모여서 선생님의 지도아래 자율적으로 진행이 되었다. 역사탐구반 활동 첫날 거기서 난 내 짝을 다시 만나게 되었다. 이제 훌쩍 자라서 만나다 보니.. 또 오랜만에 만나니 참 어색했다. 학생 때의 풋풋함이랄까?

"안녕? 오랜만이네. 중학교 때 몇 번 봤는데……."

역시 넉살 좋은 그녀다. 먼저 와서 말을 건넨다.

"어, 안녕……."

고개도 못 들고 인사하는 나에게 그녀는 클럽활동은 같이 해보자고 한다. 조금씩 매주 보면서 어색함은 없어지고 그녀와 나는 예전 초등학생 사이까진 아니지만 그래도 친하게 되었다. 역시 고등학교 시절이니 수능과 같은 대학 진학이 고민이었다. 클럽활동이 끝나고 같은 학원을 다니면서 서로 의지하게 되고, 친구들 몰래 가끔 만나기도 했다. 그 당시 숫기가 없었던 나는 친한 남자 친구들에게는 말하지 않았다.

그렇게 친하게 지내면서 그녀에 대한 호감도 커지고, 그녀에게 고백해 보려고 했지만 용기가 없어서 차일피일 미루었다. 그렇게 바라만 보면서 고등학교 2학년이 끝나가는 겨울이었다. 그래도 그녀에게 고백을 해 보려고 연말이면 성탄절도 있고 하여 선물과 편지를 준비하였다. 클럽활동 마지막 날 그녀에게 좋아한다고 말을 해 보려고 용기를 냈다.

그 당시에 신도림역 앞에는 남부 대일학원이라고 문래동 가기 전 다리가 하나 있다. 어차피 학원 수업도 같이 들으니 먼저 그녀에게 거기서 기다리라고 하고, 난 준비한 선물과 편지를 들고 뒤늦게 나가던 차였다. 그러나 학원 정문 앞에서 그녀는 어떤 남자와 다정하게 웃으면 이야기 중이었다. 누구지? 하는 궁금증 보다 뭔가 좀 이상하다는 느낌이 먼저 들었다. 그녀에게 가보니 나에게 그를 소개를 한다.

"자기가 좋아하는 오빠인데…. 내년에 대학에 가게 되었고, 자기도 대학에 가면 사귈 거라고…… 지금은 대입 준비 때문에 잠깐 기다려 달라고 이야기 한다고…"

그리고 나서 그 오빠란 사람과 같이 나갔다.

무슨 우연의 장난도 아니고, 당연히 가지고 갔던 선물과 편지는 가방에 그대로에 넣은 채로 집으로 돌아왔다. 내 첫사랑은 그렇게 끝이 났다. 가방 던지고 나서 친구 불러서 바로 노래방으로 갔다. 그 때 불렀던 노래가 바로 '천일동안'이었다. 이 시기에 나와서 내가 미치듯이 듣고 불렀던 노래로 뭐 사귀다 헤어진 것도 아닌데… 이별 노래다 보니 혼자 울면서 불렀다. 친구는 한심하듯이 쳐다보고…… 그 이후는 미친 듯이 입시에 매달렸다. 나도 대학가면 미친 듯이 연애할 거란 확신을 가진 채로 말이다.

20년이 지난 지금도 가끔 이 노래를 들으면 가슴이 먹먹하다. 노랫말도 그렇지만 멜로디가 잔잔히 시작하다가 끝으로 갈수록 몰아치면서 참 애절하게 들린다. 참 그녀는 어떻게 되었을까? 나중에 들리는 소문으로 그 오빠와 잘 되어서 결혼까지 하고, 지금도 학교 근처 아파트에서 살고 있다고 동창이 이야기 해주었다.

만화방!
그 찬란한 장소에서

지금도 일요일 오전에 교회를 갔다가 시간이 좀 되는 날은 근처 만화카페에 들러 만화책을 보곤 한다. 어릴 때부터 나는 텔레비전에서 나오는 만화를 늘 즐겨보곤 했다. 물론 어릴 때 만화를 안보는 친구들은 없었겠지만 나의 만화사랑은 좀 유별났다. 초등학교 1~2학년 시절에 가장 기억에 강렬하게 남은 만화가 '메칸더V'다. 3대의 비행기가 합쳐져서 다시 로봇과 합체하여 적을 쓰러뜨리는 만화였는데, 내용보다도 주제가 덕분에 기억에 많이 남았다. 트로트 원로가수 김국환님이 불렀던 "메칸더~ 메칸더~ 메칸더V" 는 지금도 멜로디가 생생하다.

그렇게 주중 저녁에 하는 일반 만화 프로그램, 일요일 오전에 하는 디즈니 만화 프로그램도 계속 즐겨보았다. 초등학교 4학년 때 처음으로 서점에 가서 만화책을 접했다. 지금은 '쿵푸소년 친미'라는 제목으로 다시 나오는 만화인데, 그때는 〈용소야〉라는 제목으로 청나라 시대를 배경으로 쿵푸를 잘하는 용소야가 자기보다 센 상대와 겨루는 내용이었다. 스토리도 일품이지만, 그림체도 깔끔하여 보는 재미가 더했다. 시험을 잘 보는 날이면 아버지가 서점에 데리고 가서 만화책을 사주었던 기억도 생생하다.

그렇게 시간이 흐르고 고등학생이 될 때까지 매달 서점에서 사는 만화책으로 만화를 계속 접했다. 그러다가 만화책도 두 세 번 보고 책꽂이에 꽂아놓고 다시 안 보는 경우가 생겼다. 사실 책도 정말 재미있더라도 2~3번 이상은 안 보는 경우가 많다. 그래서 꼭 보고 싶은 만화를 제외하곤 다시 사기가 망설이게 되었다. 우연한 타이밍일까? 그때 동네에 만화책을 빌려주는 가게가 생겼다. 기존 만화방을 하던 곳인데 만화책도 대여해주는 시스템으로 바뀐 것 같았다.

8~90년대 만화방도 어릴 때 부모님이 오락실처럼 가지 말라고 했던 장소였다.

중고등학생 형들이 가서 담배도 피면서 만화를 보고, 만화 내용도 좀 폭력적이거나 선정적인 것들이 많다보니 정서적으로나 문화적으로 좋지 않다고 판단하셔서 그러신 걸로 기억한다. 그런데 실제로 중학교 1학년 때 친구형님을 따라서 한번 가본 적이 있다. 처음에는 따라가는 게 무서웠다. 부모님의 말씀을 들은 게 다라 정말 어떤 분위기인줄 몰랐다. 텔레비전 드라마에서 나오는 만화방도 좀 어두침침하고 불량배의 소굴처럼 그려져서 실제로도 그렇게 상상이 되다 보니 가는 내내 가슴이 두근거렸다.

친구와 친구형님 뒤를 쫓아 만화방 문에 딱 들어서는 순간, 난 눈을 감았다.

내가 생각했던 이미지랑 똑같을 거야. 똑같을 거야. 혼자 계속 중얼거리면서 다시 눈을 떴다. 내가 생각했던 이미지는 딱 반만 맞았다. 저 구석에 담배 연기가 올라오고 있었다. 그런데 아저씨들이다. 만화방 주인아저씨가 친구형님에게 인사를 한다. 형님은 단골이신 듯했다.

"니 뒤에 있는 얼라들은 누구냐? 너희들도 저기 앉아라."

형님 뒤에서 뻘쭘하게 서 있던 우리들은 주인 아저씨의 한마디에 얼른 자리에 앉았다. 그 모습을 본 형님은 웃으면서 뒤따라오면서 웃으셨다.

"니들도 보고 싶은 만화책 있음 골라서 봐!"

"네!"

동시에 대답한 우리들은 만화방 서가에 꽂힌 만화책들을 쭉 훑어보고 보고 싶은 것들을 골랐다. 90년대 초에 가장 유행했던 슬램덩크가 막 시작했다. 제목이 기억나지 않는 한국만화 2권을 가지고 와서 친구와 같이 보기 시작했다. 그게 내가 처음 가본 만화방의 추억이었다. 같이 만화를 1~2시간 보다 보니 배가 고팠다. 누가 그러지 않았던가? 만화방에서 먹는 라면 맛도 기가 막히다고 했는데… 형님도 배가 고프셨는지 라면 두 개를 주문하셨다.

다시 만화책을 보는데 저 멀리서 냄비에 물 끓이는 소리가 들린다. 주인아저씨의 라면 봉지 찢는 소리도 들린다. 자꾸 들릴수록 배가 고프다.

만화책에 집중이 안 된다. 배에서는 얼렁 가지고 오라는 신호를 보낸다. 주인아저씨가 라면을 끓이고 내 앞에 가져다주는 그 시간이 정말 1시간 같았다.

드디어 내 앞에 김이 나는 따끈한 라면이 도착했다. 안 그래도 한창 배고플 나이라 나오자마자 친구, 형님과 같이 눈 깜짝할 사이에 젓가락으로 한 입 집어서 입에 넣었다. 먹는데 눈물이 난다. 너무 맛있다. 집에서 먹는 라면하고는 천지차이다. 정말 왜 만화방에서 만화를 보고 출출할 때 라면을 먹어야 하는지 이제야 이해가 되었다. 그 위가 자장면이라고 하는데, 이후에 자장면도 시켜먹어 봤는데 이때 먹었던 라면 맛하고는 비교가 되지 않는다.

그렇게 라면을 다 먹고 나서 다시 만화책에 집중했다. 그렇게 2시간을 넘게 보내고 집에 오니 다시 만화방에 가고 싶어졌다. 그렇게 가게 되었던 만화방은 고등학생이 되고 나선 입시에 대한 스트레스를 풀기 위해 주말에 꼭 한번은 갔다. 1~2시간 앉아서 푹 만화를 보고 있다 보면 아무 상념이 없어서 좋았다. 대학을 들어가서도 방학 때 아르바이트를 쉬는 날이나 친구들을 만나지 않는 날은 무조건 만화방에 가서 만화책을 빌리거나 앉아서 만화책을 보곤 했다.

그 시절이 1990년대로 그 시기가 우리나라 대중문화가 정말 많은 변화가 있던 시대였다. 만화도 일본만화가 많이 들어왔고, 우리나라 만화도 장르가 참 다변화되어 볼만한 내용들이 많았다. 그시기에 시작해서 아직도 연재하고 있는 〈열혈강호〉는 우리나라 무협만화의 대표작이다. 나는 주로 학원물이나 시대극, 순정물 등을 주로 보았다. 고등학교 졸업무렵부터 군대가기 전까지는 만화방에 가면 꼭 로맨스 만화는 한권씩 보았던 기억이 있다. 여자친구를 빨리 만들어 연애를 하고 싶은데, 그렇게 못하는 것을 대리만족을 느껴보기도 싶어 했고, 또 정말 연애를 한다면 저렇게도 한번 해봐야겠다는 생각에 그랬던 것 같다.

사회생활을 하고 나선 '시마과장' 시리즈 같이 회사 처세술 만화를 보면서 나도 회사에서 저렇게 해야겠다 라고 배우기도 했다.

40살이 된 지금도 만화방은 나에게 휴식과 같은 장소다. 그 찬란한 장소에 있는 만화들이 내 감성을 풍부하게 해 주었고, 행복감을 느끼게 해 주었다. 앞으로도 죽는 날까지 만화는 내 인생과 함께 할 것이다. 주말이 된 오늘도 난 가벼운 발걸음으로 만화방으로 향한다.

응답하라!
PC통신

1996년 고등학교 3학년 수능을 마치고 부모님께서 새 컴퓨터를 장만해 주셨다. 그전에 쓰던 컴퓨터는 사촌누나에게 받은 컴퓨터로 오래 사용하였다. 새로 컴퓨터가 오는 날 정말 세상을 다 가진 것 같았고, 밤새 잠을 못 이룰 정도였다. 그렇게 대입을 준비하면서 남는 시간에 아르바이트를 하고, 집에 오면 그 당시 유행했던 PC통신으로 채팅이나 동호회 활동을 처음 즐겨보게 되었다.

그때 유명했던 통신이 4개인데 하이텔, 천리안, 나우누리, 유니텔이었다. 난 그 중에 나우누리를 주로 이용하였다. 그 당시 PC통신은 이야기라는 프로그램을 깔아서 컴퓨터 본체에 있는 모뎀을 전화선에 연결하여 접속하는 방식이었다. 그래서 PC통신을 하게되면 사용하는 동안 전화를 사

용할 수 없었다. 연결시에 "삐~~~~~~~~~익" 소리도 상당히 소음에 가까
웠다. 통신을 연결할 때마다 엄마와의 전쟁은 시작되었다. 그.래.서 가족
이 모두 자는 시간을 이용하여 밤늦게 접속하는 것이 일과가 되어버렸다.
가상공간을 이용하여 낯선 사람과의 채팅이 신기하여 밤새 이야기하고,
또 지금의 카페처럼 동호회에 가입하여 활동을 하기도 했다.

그러던 어느날 한 친구와 채팅을 하게 되었다. 자기소개를 하니 우연
히 동갑내기에 같은 판타지소설 동호회 회원이기도 했다. 관심사도 비슷
하여 매일 같은 시간에 채팅을 하다가 친해지게 되었다. 그러다가 한번
직접 만나보면 어떨까라는 생각이 들어 물어보았다. 그때까진 채팅을 해
서 직접 만나는 건 상상도 못했었다. 그러다가 '번개' 또는 '벙개' 라는 단어
로 채팅하다가 갑자기 만나는 급만남이 유행하기 시작했다. 나도 이 벙개
라는 걸 한 번 해보고 싶어서 그 친구에게 의향을 물어보고 약속을 잡았
다. 둘이 만나는 게 어색하니 각자 원래 친했던 친구 한명을 대동하고 만
나기로 했다. 종각역 보신각 종 앞에서 저녁 6시에 만나기로 하고, 만나
는 그 날이 왔다.

나는 절친인 고등학교 동창과 같이 떨리는 마음으로 지하철을 타고 종
각역에 내렸다. 약속시간보다 한 시간 빨리 도착한터라 보신각 종 주변에
서 기다리기로 했다. 그때는 지금처럼 스마트폰이 없었고, 삐삐세대라 먼
저 도착하는 사람 삐삐에 음성을 넣어서 어디에 있는지 알려주기로 했다.

"여기 보신각 종 옆 골목 ○○ 앞에 친구와 있습니다. 청바지에 더플코
트 입은 사람 찾으시면 됩니다."

6시가 넘어도 답신이 없다. 이거 뭐가 잘못되었나 싶을 찰나에…… 삐

삐가 울린다. 공중전화로 냅다 뛰어가서 확인했다.

"저도 지금 종각역에 내려서 이제 올라갑니다. 기다려주세요!"

왔단다. 친구와 초조하게 기다린다.

그.런.데 왠 남자 2명이 내 앞에 오더니…

"저기요? ○○입니다~ 안녕하세요?"

약 5초간 멍했다. 순간 나는

"어? 어? 남자셨어요?"

그러자 앞에 친구들도 웃는다. 그랬다.

나는 지금까지 이 친구와 이야기하면서 이름이 여자이름이다 보니 당연히 여자인줄 알았다.

단 한 번도 성별을 물어볼 생각도 못하고, 당연히 이름이 그러니까… 이름이 '희진'이었다.

남자 넷이서 종로 술집에서 밤새 술마시고 친구가 되었다는 슬픈 이야기다. 그래도 그 시절은 이런 황당한 일이 있더라도 참 신나게 행복한 시간이었다. 지금 번개하다 이런 일이 일어나면 바로 경찰서에 신고하고 난리 났을 지도 모른다.

모르는 사람을 만나도 처음에만 어색하지만 몇 마디 나눠보면 언제 그랬냐는 듯이 친해지고, 진심이 통하다보면 모두가 행복해지는 그런 시간들……. PC통신 시절에 번개는 온라인상에서 친해져서 오프라인에서 직접 만나게 되는 그런 설레임을 가지고 시작된 것이라 지금 생각해도 흐뭇한 추억으로 남는다.

사촌누나로 인해
처음 접한 가요

    초등학교 4학년 시절 둘째이모의 딸인 이종사촌 누나가 강원도에서 서울로 학교 준비를 위해 우리 집에 잠깐 같이 살게 되었다. 13평 작은 아파트에서 살고 있던 나는 내 동생과 누나와 한방을 같이 쓰게 되었다. 나와 동생은 어릴 때라 이층침대서 나눠서 자고, 누나가 방바닥에서 자곤 했다. 누나가 온 뒤로 처음 보는 물건이 많아서 신기했다. 그 당시 처음 나왔던 286컴퓨터도 누나 덕에 처음 만져봤다. 또 누나가 워크맨으로 가요를 즐겨듣다보니 나도 유행가를 자연스럽게 접하게 되었다.

    그 시절 정말 인기 많았던 가수가 댄스머신 박남정이었다. '널 그리며', '사랑의 불시착' 등을 히트시키며 당대 최고의 댄스가수로 군림하던 중이었다. '널 그리며'를 부르면서 추었던 기역니은 춤은 모두가 따라할 정도였다. 티브이로만 보다가 누나가 사준 테이프가 늘어질 때까지 들었다. 계속 반복해서 듣다보니 입에서 노래가 저절로 외워질 정도였다. 그렇게 이 노래를 시작으로 가요에 점점 심취하게 되었다.

어느 날 누나가 '최신가요'라는 작은 크기의 책을 보고 테이프를 들으면서 계속 따라 불렀다. 그 당시에는 〈최신가요〉라고 가요 프로그램에서 1~50위까지의 가요나 최신가요 악보와 가사를 모아서 만든 책이었다. 매일 만화책이나 게임 책등만 보던 내가 가요책을 보니 신기했다. 어릴 때도 노래하는 것은 좋아해서 만화주제가는 매일 따라 부르기도 했다. 그런 내가 가요를 접하게 되었으니 신세계에 들어와서 얼마 지나지 않아 완전히 푹 빠지게 되었다.

누나가 새로 테이프를 사면 공테이프를 하나 사서 더블카세트에 넣어 녹음을 했다. 녹음을 한 테이프는 늘어질때까지 들었다. 그때 유명했던 가수들이 박남정, 양수경, 김완선등 지금은 다 중년을 지나 원로가수분들이 최전성기를 누릴 때였다. 특히 그 중에 난 소방차와 박남정을 좋아했다. 춤은 지금이나 그때나 잘 추지는 못하지만 노래하고 좀 흔들면서 많이 놀았던 기억이 난다.

가을소풍에 가는 길에 박남정의 '사랑의 불시착'을 불러서 큰 박수를 받았던 기억도 있다. 춤은 어설프게 추지만 노래와 멜로디는 완벽하게 해냈기 때문에 조금 뿌듯함은 있었다. 지금도 〈사랑의 불시착〉은 멜로디와 가사가 어렴풋이 기억난다. 너무 많이 들어서 그 기억이 머리에 남아 있는 것 같았다. 또 소방차는 3인조 그룹으로 '그녀에게 전해주오' 등 수많은 히트곡들이 있다. 가끔 친구 2명을 끼어서 역할 분담 후 그들의 히트곡을 메들리로 부른 적도 있다.

이 가요를 더 좋아하게 된 건 당연히 노래방의 덕도 크다. 노래방이 없을 때는 이어폰 끼고 테이프만 주구장창 듣고 나서 혼자서 흥얼거리는 수

준이었다. 그러나 노래방이 생기고 나서 얼마나 많은 사람들이 노래하고 춤추는 걸 좋아하는지 알았다. 나도 흥이 좀 많은 편이라 생각했지만, 가요를 정말 좋아하는 사람의 눈빛은 좀 달라보였다. 나쁜 의미의 다름이 아닌 자기가 정말 좋아하는 것에 집중하고 몰입하는 눈빛이었다. 그런 친구들과 가끔 노래방에 만나서 노래를 하면 잘은 못하지만 마음이 뻥 뚫리는 기분은 들었다.

나는 노래 예찬론자다. 특히 가요는 아직도 정말 좋아한다. 지금 SNS에 가끔 8090 가요나 팝송을 많이 포스팅을 하기도 한다. 또 술자리 이후 가끔 노래방을 가면 사촌누나 덕에 알게 되었던 그 시절 노래부터 지금까지 가요를 부르면서 스트레스를 풀곤 한다. 아마도 지금 노래를 취미로 삼으면서 좋아할 수 있었던 것도 다 사촌누나의 영향이 제일 컸다.

그렇게 초등학교를 졸업하고 중고등학교 사춘기 시절에는 조금은 시끄럽거나 아예 잔잔한 그런 가요를 좋아했다. 특히 지금은 고인이 되신 가수 신해철, 이승환, 공일오비, 윤종신, 신승훈, 김건모 등의 노래를 즐겨 들으면서 그 질풍노도의 시기를 견뎌내었다.

신해철이 이끌었던 〈넥스트〉는 정말 힘들 때마다 즐겨 듣곤 했다. 듣고 있으면 가슴이 뻥 뚫리는 느낌이 컸다. 제도에 대한 반항에 대한 음악은 빠르고 가사도 상당히 직설적이다. 반대로 잔잔한 사랑 이야기나 일상 노래는 느리면서도 가사도 상당히 부드럽다. 락쪽에 가까운 신해철의 발라드, 발라드 쪽에 가까운 이승환의 락…. 이 두 분의 음악을 참 좋아했던 거 같다.

대학에 들어가서도 가요 사랑은 여전했다. 신입생 때 이승환의 〈천일동안)으로 단과대 가요제도 나간 경험도 있지만, 마지막에 음 이탈로 상당히 좀 아쉬움이 많았다.

대학시절에 동네로 오는 '전국노래자랑' 예선에도 나가봤지만 탈락했다. 내가 노래를 잘해서 나가는 게 아니라 노래를 좋아해서 한번 대회나 오디션에는 꼭 한 번 나가고 싶었다. 그렇게 내가 좋아하는 것에 도전하는 자체가 중요하다고 생각해서 가요제에도 참석했던 것 같았다.

2학년이 되고 나서 같은 과 후배와 나가서 예선은 육각수의 '흥보가 기가 막혀', 본선에 올라가면 카니발의 '그땐 그랬지'로 하기로 다 계획을 짜고 노래방에 가서 연습을 했다. 육각수의 표정, 춤을 기억하면서 해보려 했지만 잘 되지 않았다. 그냥 우리식대로 진행했고, 결과는 1등이었다. 그러나 공대에서도 예쁜 여자가 본선에 나가야 더 좋을 것 같다는 제안에 우리는 승복할 수밖에 없었다. 2등 했던 여자후배가 본선에 올라갔지만 더 떨려서 노래를 다 못 부른 것 같았다. 조금은 속상했다. 우리가 2인조로 나갔다면 조금 괜찮지 않았을까 하는 아쉬움이 너무 크다. 본선무대가 밖에서 대학생 300명을 수용할 정도로 욕심을 좀 냈지만 어쩔 수 없었다.

사회생활을 하고 회사 사람들과의 회식 때 노래방에 가면 흥이 있어서 내가 좋아하는 가요를 원없이 부를 수 있어 좋다. 지금도 사촌누나 덕에 가요를 접해서 지금까지 좋아하고 있다. 그 시절 8090가요는 정말 세분화도 잘 되어 있었는데 다시 한 번 내가 별도로 장르를 구분하여 정리를 해보는 것도 나쁘진 않다고 생각한다. 오늘도 나는 노래방에 가게 되면 그 시절 노래를 찾아 버튼을 제일 먼저 누르는 사람이 된다. 앞으로도 힘들 때나 기쁠 때나 이 가요를 두고두고 볼 생각이다.

당신이 잠든 사이에

고등학교 때부터 영화를 즐겨 보기 시작하여 근 20년 정도 많은 영화를 보아 오면서 그 내용에 웃고 울고 한 기억이 많다. 나는 다른 남자들하고 다르게 액션 영화도 좋아하나 특히 로맨틱 코미디 영화를 즐겨 보는 편이다. 누가 가장 재미있게 본 영화가 무엇이냐고 물어보면 아직도 〈당신이 잠든 사이에〉를 꼽는다. 이제 20년전 개봉했던 영화이지만, 매번 볼 때마다 새롭고 재미있다. 아마도 고등학생 때 난 어른이 되면 정말 저런 연애도 해 보고 싶다는 소망이 커서 그 대리만족을 느꼈는지도 모르겠다.

산드라 블록, 빌 풀만 주연, 존 터틀타웁 감독이 만든 1995년에 개봉한 영화이다. 크리스마스 즈음의 겨울 뉴욕을 배경으로 하여 장면도 멋지고, 젊은 시절 산드라 블록의 상큼하고 청순한 매력에 푹 빠져 꼭 성인이 되면 저런 여성을 만나고 싶다는 생각이 영화 끝날 때까지 생생했다. 내 생일이 12월인 겨울인 만큼 이 영화를 보고 나서 추운 겨울에 코트와 목도리를 입고 연인과 밖에서 뛰어다니는 상상도 많이 했었다.

끌어당김의 법칙이었을까? 이러한 상상이 현실이 되는 경험을 하게 되었다. 대학 2학년을 마치고 공군에 입대하기로 하고, 입대 날짜가 다음 해 5월로 결정되자 바로 휴학 후 아르바이트를 시작한 그 때, 친구의 소개로 한 동갑인 여대생을 알게 되었다. 경영학도이면서 이 영화에서 나온 산드라 블록처럼 검은 긴 생머리에 웃는 모습이 참 매력적이었다. 군대 가지 전 소원이 여자친구를 만드는 것이 소원이었다.

이때가 1999년 1월이었으니… 몇 번의 조심스런 만남 후, 지금 말하는 단어로 썸이란 걸 타기 시작했다. 그러던 어느날 아르바이트가 끝나고 어둑어둑할 즈음 눈이 내리는 명동거리에서 그녀와 만나게 되었다. 눈이 오는 거리를 구경하다가 밖의 날씨가 너무 추워서 바로 눈에 띄는 커피숍에 들어가게 되었다. 오늘따라 이상하게 내 눈 앞의 그녀가 너무 예뻐 보여서 고백을 하고 싶은 마음이 너무 들었지만, 그래도 타이밍이 중요하기에 일단 한 발 물러섰다.

그녀와 이런 저런 이야기 하는 도중 테이블에 있는 성냥이 눈에 띄었다. 무슨 생각이 들었는지 그녀가 갑자기 성냥재를 탄 물을 마시면 무슨 소원이든 들어주겠다고 하는데……

'이건 또 무슨 시추에이션이지? 아! 이게 기회일 수 있겠다!'라는 내 머리를 스쳐 지나갔다.

그래 이 물을 마시고 고백을 해보자 라는 계산이 나오다 보니, 당장 하

겠다고 했다. 갑자기 그녀가

"너 그 물 마시면 안돼. 죽어..너."

"안 죽으면 어떻게 할 건데……. 너 정말 소원 다 들어주기다."

"진짜 먹을려고? 무슨 소원을 말하려고 그래?"

하면서 성냥 10개를 불을 붙이더니 재를 물컵에 부어버렸다. 당연히 물은 잿물로 변하기 시작했고, 나는 그때를 못 참고 그 물을 단숨에 마셨다.

"자, 됐지?" 배가 갑자기 아파오는데.. 소원은 말해야 할 거 같아서

"사실 너랑 사귀고 싶어.. 너 내 여자친구해라..그게 내 소원이야!"

고 외치고, 화장실로 바로 직행했다. 갔다 오니 그녀가 혼자 실실 웃으면서

"야, 그게 뭘 어려운 이야기라고.. 그걸 마시고 이야기 하냐. 그렇게 고백하는 사람은 너밖에 없을 걸?"

"그럼 소원에 대한 니 대답은 뭐야? 오케이야? 아니야?"

그리고 나서 갑자기 나가자는 그녀의 말에……. 카페를 나올 때는 내 손에 그녀의 손이 들어왔으니, 소원은 들어주신 셈이다.

영화 제일 마지막에 나오는 대사처럼 그 때는 첫눈에 반한 사랑이었다.

그렇게 그녀와는 정확히 1년 뒤에 헤어졌다. 군대를 가고 나면 나타나는 자연스러운 일이다.

지금은 어디서 누군가와 잘 살고 있지 않을까? 나도 지금은 사랑하는 아내, 아이들과 같이 행복하게 잘 살고 있다. 누구에게나 20대 풋풋한 시절의 설렘으로 시작하는 사랑은 추억으로 남아 있을 것 같다. 그때는 사

랑을 하면 가슴이 두근거리고 뜨거울 정도로 열정적이었고, 이별하면 이 세상이 다 끝날 것처럼 그렇게 굴었는데······. 나이가 들면서 무뎌지는 건 어쩔 수 없나 보다.

다시 오랜만에 '당신이 잠든 사이에'를 처음부터 끝까지 시청했다. 젊은 산드라 블록의 상큼함은 지금 봐도 사랑스럽다. 조금은 촌스럽지만 여전히 겨울 배경으로 하는 사랑 이야기는 보는 관객들로 하여금 설레게 만든다. 오늘 만큼은 옆에 있는 배우자나 연인이 잠든 사이에 예전 설레임을 느낄 수 있도록 추억 하나 만드는 건 어떨까 한다.

아저씨! 뭐해요?

　회사 신입사원 시절에 제주도 관련 계획 일로 현장조사를 갔을 때 이야기이다. 지금 제주도는 제주시와 서귀포시 두 개의 행정구역으로 나누어져 있다. 그러나 그 당시에는 제주시와 서귀포시 외 북제주군과 남제주군으로 구분이 되어 있었고, 나는 이때 남제주군 도시계획 재정비 프로젝트에 참가하게 되어 선배,동기와 함께 현장조사를 가게 되었다.

　그렇게 남제주군 전체를 10일에 걸쳐서 군 전체 마을에 사람이 사는지, 나무나 묘 등 지장물은 얼마나 있는지, 길은 잘 정비가 되어 있는지 등 현재 있는 현황을 조사했다.

　대정읍 구억리라는 마을을 조사할 때 일이다. 조사 시기는 지금처럼 9월 중순이라 낮에는 조금 덥고 저녁에는 서늘해지는 일교차가 심한 날씨였다. 조사를 하기위해 마을 어귀부터 지도를 들고 표시를 시작하고 있었다. 허리를 굽혀서 표시중인데 뒤에 누군가가 있는 것 같은 느낌이 들었다. 뒤를 돌아보니 머리에 꽃을 꽂은 젊은 여자가 씨익 웃으면서 나를 보고 말한다.

"아저씨! 뭐해요?"

"나 아저씨 아니에요! 27살이에요!"

무슨 생각에서였는지 순간 욱해서 이 대답이 먼저 나왔다. 대답을 들은 그 여자분의 표정은 해맑다. 그냥 웃고만 있다.

"아저씨! 지도에 뭐 그려요?"

영화 '웰컴투 동막골'에 나오는 강혜정이 맡은 역할의 인물과 많이 닮았다. 다시 보니 조금 보통사람과는 다른 지능이 조금 떨어지는 사람 같았다. 마을은 조용하고 갑자기 난 그 사람이 무서워서

"아! 아무것도 아니에요! 일 때문에 마을 조사 중입니다!"

하고 냅다 마을 안으로 도망쳤다. 사실 그녀를 피하고 싶어서 빨리 달렸다. 숨 좀 고르고 다시 마을을 조사하는데 어느 집 앞에 사람이 사는지 안 사는지 가스계량기를 보고 있는데 집 뒤편에서 얼굴이 보였다.

"아저씨! 여기서 또 보네요!"

정말 식겁하고 깜짝 놀랐다. 공포 영화에서 나오는 듯한 갑자기 집 뒤편에서 나오니 귀신인 줄 알았다. 한순간에 얼어서 다시 도망쳤다. 이 마을 조사는 대충하고 나오고 싶었지만, 그러면 나중에 상사들에게 제대로 안했다고 혼날까봐 다시 루트를 짜서 현장조사를 시작했다.

그녀가 나올까봐 무서워서 상하좌우 경계하면서 천천히 때로는 빠르

게 걸음을 옮기며 현장조사를 진행했다. 그녀는 더 이상 내 시선에서 보이지 않았다. 조사를 끝내니 해가 지기 시작했다. 어두워지면 현장조사를 하지 못하므로 하던 거 까지 하고 마을 입구로 내려왔다. 날도 어두워지고 사람도 없어서 더 스산했다. 입구에 도착해서 합류하기로 한 동료를 기다리고 있는데, 입구 나무 밑에서 누가 서 있다.

"아저씨, 아직도 지도 그려요?"

처키가 서 있는 것 같았다. 온몸에 소름이 돋았다. 동료가 기다리든지 말든지 냅다 차가 다니는 메인도로로 뛰어갔다. 정말 그녀의 정체는 무엇이었을까? 지금도 그녀를 생각하면 온몸이 아찔하다.

그래도 지금 생각하면 한번 웃어넘길 수 있는 추억이다. 그 뒤로 현장조사를 하게 되면 시골 마을은 늘 사주경계를 하게 되었다. 그리고 해가 지기 전에 빨리 끝내는 습관이 생겨버렸다. 올해 휴가를 제주도로 다녀왔는데 그녀는 잘 지내고 있겠지?

아직도 운전수 찾으세요?

2006년 그 사건 이후 2~3달 동안 방황하다가 제 정신을 차린지 얼마되지 않았을 때였다. 잊기 위해서 미친 듯이 일에만 매달리고 야근도 마다하지 않았다. 이를 보다 못한 상사 한 분이 사람은 사람으로 잊어야 한다고 하시면서 한 분을 소개해주신다고 했다. 처음엔 고민 좀 해보겠다고 하다가 그래도 만나보고 나서 판단해도 늦지 않겠다고 하여 수락했다. 소개팅 상대녀는 상사가 프로젝트를 같이 진행했던 지자체 공무원이라고 했다.

늦은 가을 연락처를 받고 퇴근길에 문자로 인사를 하고, 간단한 소개와 함께 약속날짜를 잡았다. 토요일 오후에 종각역에서 5시에 만나기로 하고, 나는 약속시간 1시간 전에 나가서 어딜 갈지 미리 동선을 계획했다.

그녀가 스파게티를 좋아한다는 말에 일단 근처에 몇 개의 스파게티 집을 알아보고, 네이버 블로그에서 가장 선호하는 식당으로 선택했다. 그녀에게 문자로 이 식당으로 오면 기다리다겠다고 보냈다. 조금 늦는다는 그녀의 답장에 일단 천천히 오라고 하고, 식당에 앉아서 기다렸다.

기다리면서 또 같은 감정의 반복이었다. 그 전에도 소개팅은 많이 해보았지만, 늘 할 때마다 처음 보는 사람에게 무슨 말을 해야할 지 머릿속이 복잡했다. 그 당시엔 새로운 사람을 다시 알아서 좋은 관계로 발전시키기 위한 노력을 반복하는 게 지친 상태였다. 또 그 사람을 잊고 새로운 사람을 만난다는 현실이 아직 내가 받아들이기가 힘들었던 것 같다. 그러나 새로운 사람을 만난다는 생각에 기대와 설렘도 동시에 든 건 사실이다.

5시 20분이 지난 시점에 그녀가 도착했다. 생각보단 단아한 느낌의 그녀는 말이 별로 없었다. 그래서 내가 스무고개처럼 묻고 그녀가 대답하는 형식의 대화가 계속 이어졌다. 뭔가 공통점을 연결하기 위해서 계속 물어봤지만, 책과 영화를 좋아했던 나와 여행을 좋아하는 그녀……. 접점을 찾지 못하자 대화는 계속 겉돌았다. 그러다가 내가 하는 일에 대해 이야기를 하자 같은 전공이었던 그녀와 조금씩 공감하는 대화가 시작되었다. 어떻게 보면 업무상에서 갑의 입장에 있는 그녀와 을의 입장에 있는 나는 업무를 떠나서 나의 애로사항을 허심탄회하게 이야기했다. 처음에는 그녀도 공감을 하다가 나중에는 결국 나에게 그만 이야기하라는 식의 제스추어를 보냈다. 결국 갑의 그녀는 을의 나를 이해하지 못했다.

나도 말을 멈춘채 묵묵히 스파게티만 먹었다. 갑자기 내가 말을 하지 않자 그녀가 좀 멋쩍었는지 본인이 다녀온 해외여행 이야기를 해준다. 공무원 합격 후 대기발령 기간에 갔던 유럽여행 이야기를 해 주는데.. 묵묵히 듣기만 했다. 내가 가본 영국이나 독일, 스위스, 이탈리아등 에 대한 이야기가 겹쳤을 때 거기가 괜찮다더라.. 맞장구도 치고 하니 조금은 분위기가 살아났다. 그래서 커피숍으로 자리를 옮겨서 좀 더 이야기를 들었다. 여행 이야기가 나오니 말이 많아지는 그녀였다. 3시간 정도가 지나고 나서 나는 잘 맞지 않는다는 생각이 들었지만, 그래도 몇 번은 더 만나봐야 상대를 더 알 수 있지 않을까 하여 다음 만남을 신청했다. 그녀도 흔쾌히 알겠다고 하여 순조롭게 다음 만남을 이어갈 수 있다고 생각할 찰나에 그녀의 한마디가 내 생각을 바꾸었다.

"참 다음에 영화보자고 하면 전 절대 안 나갑니다. 차라리 여행이 어떨까요?"

"네?"

잘못 들은줄 알았다.

"여행이요! 해외든 국내든 같이 가요!"

"아니……. 무슨 아직 서로 알지도 못하는데 여행을 갑니까? 그리고 두 번째 만나는데 바로 여행을 가자는 건 이해가 잘…"

"뭐! 어때요~ 무조건 떠나는 거죠!"

"여행 가면 계획도 세우고 뭘할지는 정해야 하는데……. 가서 뭐할 건데요?"

"그냥 유명한 관광지 보고 밥 먹고 푹 쉴건데요? 왜요? 그냥 운전만 해 주시면 돼요."

그 말에 더 뭔가 얻어맞은 듯했다. 운전수를 찾으려고 했던 것인지…….

"운전 못하세요?"

"차 운전 하는게 무서워서……."

"그럼 지금까지 여행은 어떻게 다니셨어요?"

"남자들이 운전해 주는 차로 갔는데요."

"그 남자분들은 지금 뭐하시나요?"

"뭐 그런 걸 물어보세요! 어이없네. 제가 다 찼죠."

내가 보니 차였을 거 같은 인상인데…… 이런 자신감은 대체 어디서 나오는 건지……. 나의 마지막 한마디로 그녀의 만남은 이걸로 끝이었다.

"제가 지금 차가 없는데요?"

아직 차를 사기 전이었기 때문에…….

그런데 그 뒤 결혼하고 한 프로젝트를 진행하던 시기에 지자체 한 부서에 협의를 가게 되었다. 그런데 담당자가 이 소개팅녀였다. 나는 모른체하고 그녀를 처음 본 것처럼 업무 관련하여 최대한 공손하게 물었다. 그러나 그녀가 나를 보자마자 깜짝 놀랐다. 나를 알아본 것 같다. 딱 한 마디했다.

"일 그 따위로 하지 마세요! 다시는 찾아오지 마세요!"

갑자기 소리를 치니 그 과에 있던 다른 직원분들이 다 쳐다본다. 완전 이상한 상황이 된 것이다. 식은 땀도 나고 어이도 없고……. 그냥 피식 웃으면서 나도 한마디했다.

"아직도 운전수 찾으세요?"

운전수를 찾는 그녀는 어떻게 살고 있을지 궁금하다.

아이러브스쿨을 아세요?

1999년말을 지나 2000년에 들어오면서 우리나라는 광케이블망 덕에 급속도로 인터넷이 퍼져나가기 시작했다. 그 덕에 PC게임방이 성황을 이루었고, 인터넷을 기반으로 하는 벤처기업들도 엄청나게 많이 생겨나던 시절이었다. 이 벤처기업 중에 하나가 동창을 찾아주는 기발한 콘텐츠로 급속도로 성장한 회사가 있었다. 이 회사가 만든 사이트가 '아이러브 스쿨'이었는데, 나는 군대 휴가를 나왔다가 아이러브 스쿨 초창기에 가입을 하게 되었다.

가입을 하던 시절이 막 상병달고 그 당시 만나던 여자친구와 헤어진 시점이라 휴가를 나와도 시간이 많았다. 친한 남자친구들과도 한 잔 하는 건 하루 이틀이면 끝나다 보니 뭔가 새로운 게 필요했는데 딱 타이밍이 좋았다. 그리고 나는 6학년 1학기를 마치고 서울에 있는 학교로 전학을 가게 되어 이전에 광명에서 다닐 때 친했던 친구들과 헤어진지 오래되어 만나보고 싶었다. 2000년에 23살의 나이로 초등학교를 졸업한지 딱 10년이 지난 시점이었다.

사이트에 가입하고 광명에서 다녔던 초등학교 이름을 치고 내 동기들이 있는 모임으로 들어갔다.

혹시 낯익은 이름이 있는지 가입이 되어 있는 이름을 검색해 보았다. 낯익은 여자 동창과 남자 동창 이름이 하나씩 보였다. 아직 남자 동창들은 나처럼 군복무 중이다 보니 많이 없었다. 일단 그 두 친구에게 쪽지를 하나씩 보내어 날 기억하는지 물어보았다. 보낸지 얼마 지나지 않아서 여자 동창에게 먼저 답장이 왔다. 이름은 아는데, 얼굴은 한 번 봐야 기억이 날 것 같다고 했다.

나는 공군으로 군복무를 하는 중이었다. 공군은 그 당시 30개월 복무로 2박 3일 외박과 3번의 15일 정기휴가가 있었다. 이때 나는 2박 3일 외박을 나온 시점이라 그렇게 시간이 많지 않았다. 일단 그 여자동창에게 내가 지금 군복무 중이라 시간이 얼마 없다고 한 뒤 그날 저녁에 한 번 만나자고 했더니 흔쾌히 허락을 했다. 그 후 남자동창에게도 같은 답장을 받았다. 하지만 그 친구는 오늘 직접 만나기는 어렵다는 대답을 들었다.

그날 저녁 그 여자동창을 만나기 위해 광명에서 제일 유명한 상업지구로 나갔다. 약속시간보다 30분을 먼저 와서 기다리면서 예전 초등학교 다닐 때 추억을 떠올려봤다. 첫 학예회를 했던 기억, 오전, 오후반을 다녔던 기억, 구름사다리를 건너지 못해 혼나던 기억, 친구와 치고박고 싸웠던 기억들.. 그렇게 한참 상념에 잠겨 있는데, 전화벨이 울린다. 사실 나도 그 여자동창 이름은 아는데 얼굴이 가물가물했다.

"여보세요? 오랜만이야. 나 지금 어디 근처에 왔는데. 너 어디 있냐?"

좀 허스키한 목소리를 가진 그 동창의 질문에 나는 대답을 하면서 주위를 둘러보았다. 두리번거리는 한 여자가 보인다. 손을 흔들면서 나도 손짓을 보냈다.

"어! 나 여기 있어."

그렇게 다가온 여자동창 얼굴을 보니 누군지 기억이 났다. 조금은 예쁘장하게 생겨서 머리는 항상 삐삐처럼 머리를 두 갈래로 땋았던 친구다. 여전히 어릴 때 얼굴이 남아있다. 그 친구도 날 보더니 기억을 했다. 공부를 좀 잘하고 모범생 스타일의 친구……. 지금도 그 소리는 듣기 싫지만 인상이 그렇게 보이니 어쩔 수 없나 보다. 그렇게 재회하여 술집에서 예전 이야기를 나누기 시작했다. 누구누구를 아는지와 또 연락을 하고 있는지……. 담임 선생님은 기억하는지 등등에 대해서……. 이야기를 나누면서 점점 추억은 명확해진다. 그 친구와 의기투합되어 다음 모임에는 친구들을 한 명씩 데리고 와서 모임을 한번 해보자고 했다. 그 첫 만남이 아이러브스쿨 동창회 첫 모임이었다.

군대에 복귀하고 나선 인터넷 접속이 되지 않아서 그 여자 동창과 수시로 통화하면서 다음 외박 날짜때 동창회 모임을 열어달라고 부탁했다. 두달뒤 외박을 나가서 첫 동창회를 열게 되었다. 그 여자 동창과 원래 알고 지냈던 친한 친구들 덕에 10명이 넘은 친구들이 모였다. 10년만에 만나는 얼굴들을 보니 너무 반가웠다. 모두가 아이러브스쿨 사이트 덕에 이렇게도 다시 한 번 모이게 된 것에 신기하게 여겼다.

술 한 잔씩 얼큰하게 들어가니 동창회에서 빼 놓을 수 없는 이야기가 나온다. 옛날에 누가 누구를 좋아했는지 궁금했다. 나에게도 질문한다. 이 중에서 좋아하는 사람이 없었는지……. 있긴 있었는데 생각이 나질 않는다. 그런데 그 자리에선 확실히 없었다. 자리를 바꾸어가며 다른 동창들과도 이야기를 나누면서 밤은 깊어갔다. 한 여자 동창과 이야기를 나누던 중에 갑자기 나에게 맥주 한 잔을 다 마시라고 한다. 그렇게 한잔을 비우고 나서 왜 마시라고 한 이유를 물었더니 그녀가 하는 말…….

"나 초등학교 5학년 시절에 너 반장했었잖아. 그때 나 너 좋아했었다."

순간 좀 당황했지만 그랬냐고 하자 반응이 영 아니라고 정색했다. 그 대답에 나는 좀 놀라면 그냥 어떻게 표현이나 반응을 해야할지 몰라서고 했더니 웃기 시작했다.

"근데 지나고 보니까 다 추억이고……. 지금 넌 내 타입이 아니다.."

그 소리에 나도 같이 웃기 시작했지만, 기분은 별로 좋지 않았다. 그런데 생각해 보니 그 당시엔 군인 시절이라 머리도 짧았고, 사복을 입었다. 모자를 쓰고 나갔기 때문에 비춰지는 모습이 아니었다는 생각이 든다. 그렇게 첫모임을 끝내고 나서 지속적으로 휴가 나갈 때마다 동창회를 지속했다. 나갈 때마다 옛 추억에 잠기면서 거기서 몇몇은 몰래 연애도 했었던 걸로 기억한다. 어느 모임이든 유통기한은 딱 1년이라고 생각한다. 1년이 지나면서 나오는 친구들만 모이게 되고, 모임 횟수도 점점 줄어들게 되었다. 나는 거기서 친하게 된 몇 명과 따로 모임을 가지게 되었다.

그렇게 아이러브 스쿨 사이트도 시간이 가면서 시들해지자 사이트를 만든 사람이 큰 회사에 도메인을 넘기고 팔아버렸다. 그렇게 동창회도 하나 둘씩 없어지고 지금은 다시 연락하고 지내는 동창은 손에 꼽는다. 아마 지금 나이에 초등학교 동창생들을 만났으면 더 재미있지 않을까 생각이 되지만, 동창회에서 만나 불륜등 사건도 많아서 부정적인 시각도 많다. 지금은 다들 어떻게 지내고 있을까? 가끔은 2000년대 초반 아이러브스쿨 동창회가 많이 생각이 난다. 그만큼 그 시간이 정말 즐거웠기에…

나는 빠돌이였다! ①

작년 어느 일요일 오후 오랜만에 예능 프로그램을 시청했다. 평소에 노래 부르는 걸 좋아하여 가수가 노래를 부르는 예능 프로그램도 특히 즐겨 본다. 가수와 일반인이 나와서 부르는 프로그램에 예전 핑클의 멤버였던 옥주현이 나왔다. 지금은 뮤지컬 배우로 전업하여 큰 성공을 거두고 있는 그녀가 오랜만에 핑클 히트곡으로 일반인 중 같이 부를 한 명을 꼽는 노래도 3집 타이틀곡 'Now'를 선곡했다.

'Now'가 나올 때가 2000년 겨울로 기억된다. 한창 군 생활 중으로 이제 상병을 달고 어느 정도 군생활에 적응할 때였다. 군인 신분이니 그때나 지금이나 여성 걸그룹을 보면 하던 일을 멈추고 모두 텔레비전에 시선이 고정되었다. 그러다 보니 이 노래를 자연히 외우게 되었다. 그러다 세월이 지나고, 오랫동안 잊고 지냈지만 멜로디는 익숙한지 자연스럽게 따라 부르고 있었다. 노래를 들으니 다시 예전 기억이 새록새록하다.

난 핑클의 골수팬이었다. 핑클이 데뷔할 때가 대학교 1학년때 쯤으로 기억한다. 그 당시 pc통신인 나우누리에 핑클 팬클럽이 처음 만들어졌다. 난 거기 지금 부방장쯤 되어 팬클럽 회원들과 가요 프로그램 등 방청객으로 가끔 참석했다.

그때도 참 인형같이 예뻤던 성유리, 털털하지만 여성스러운 미를 자랑했던 이효리, 청순했던 이진, 노래를 무척 잘하는 옥주현……. 지금도 남자 아이돌을 좋아하는 빠순이가 더 문제였지만, 난 핑클 빠돌이로 대학교 수업에 지장만 없으면 가끔 그녀들의 노래를 보러 간 적도 많다. 벌써 20년 전 이야기지만 지금 생각해 보면 나도 참 별종이었던 것 같다.

'효리네 민박'을 즐겨봤다. 제주도에서 현재 살고 있는 자기 집에 일반인 손님을 초대하여 관찰하는 예능 프로그램이다. 오랜만에 이효리를 보니 반가웠다. 한 시대를 풍미했던 그녀가 이제는 한 사람의 아내가 되어 자연스럽게 살아가는 모습이 인상적이었다.

예전이나 지금이나 '사생팬'이라 하여 연예인들이 자기 사생활까지 못 누리게 하는 도가 지나친 팬들이 있다. 자기가 좋아하는 연예인을 지지하고 응원해주는 것은 좋다. 다만 그 연예인들도 우리 같이 사는 사람인데 자기 시간은 주어야 하지 않을까? 그렇게 쫓아다닐 시간이 있다면 자기에게 투자하면 더 좋을 텐데 말이다.

나는 그 시절 빠돌이였다. 아마도 여자 연예인 팬클럽을 가입하고 쫓아다녔던 경험은 내 주위에는 아무도 없었다. 군대시절에 여자 연예인 공연

오면 같이 따라 부르고 아주 좋아하던 기억을 제외하곤 사회에선 내가 유일무이하다. 아내는 예전 젝스키스의 광팬이었다고 하는데, 예전 그 기억을 떠올려보면 그래도 순수하게 그녀들을 좋아했기에 좋은 추억으로 남는다. 2년 전에 '무한도전'에서 90년대 스타들을 다시 불러 진행했던 '토토가'를 떠올리면 아마도 같이 행복하지 않을까 싶다.

나는 빠돌이였다!②

마왕이라 불리우던 가수 신해철이 사망한지도 몇 해가 흘렀다. 2014년 10월 말 정말 어이없게 의료사고로 생을 마감하게 되어 그를 좋아하고 사랑했던 모든 팬들은 절망하고 슬퍼했다. 그의 빈소가 차려진 병원 장례식장에는 수많은 팬들이 모여 같이 울면서 노래를 불렀다. 나도 장례식장에 잠깐 들러서 조문까지 못하고, 멀리서 눈물을 훔쳤다.

나와 같은 동년배 사람들은 학창시절 그의 음악에 열광하고 좋아했다. 광적인 팬까진 아니지만 사춘기 시절 그의 음악을 들으면서 힘든 시기를 버텨냈다. 그의 음악은 발라드, 락, 댄스 등 90년대를 통틀어 가장 실험적이고 앞서는 시도가 많았다. 무한궤도로 데뷔하여 솔로로 전향했던 때는 감미로운 발라드를 들려주었다. 넥스트 결성 후 헤비메탈과 락 밴드로써 정말 웅장한 음악을 만들어 팬들을 깜짝 놀라기도 했다. 넥스트가 처음 결성했을 시 고등학교 1학년이던 나는 노래를 듣고 정말 전율이 일었다. 우리나라에서도 이런 음악이 나올 수 있구나 하고 감탄하면서 사춘기 시절 표출할 수 없었던 그 울분을 털어버렸다. 아마 다 공감할 것이다.

지금도 응원가로 많이 쓰이고 나도 우울하거나 지칠 때 전주만 들어도 힘이 나는 '그대에게'란 곡이 바로 신해철의 데뷔곡이다. 빠른 비트의 음악으로 지금도 들으면 전율이 느껴지고 사랑도 많이 받고 있는 노래다. 대학 가요제 때 무한궤도라는 밴드를 끌고 이 노래를 부르면서 혜성처럼 나타났다. 이미 이 노래를 작곡한 나이가 20대 초반이니 정말 대단했다.

무한궤도 탈퇴 이후 솔로로 좋은 모습을 보였다. '슬픈 표정하지 말아요' 등 같은 발라드 노래도 신선했지만, '재즈카페', '안녕' 등의 노래는 그 시절엔 정말 파격이었다. 그런데 이 노래들은 지금 들어도 질리지 않고 명곡이다. 그만큼 신해철의 음악은 늘 새롭고 신선했다. 본인이 외국 음악을 많이 듣고 새로운 시도를 많이 하고, 그만큼 자기 음악에 대해 철저하게 노력했기 때문에 수많은 히트곡이 나왔다.

음악뿐만 아니라 사회 문제에도 관심이 많아 늘 자기의 의견을 논리적으로 개진하여 적도 많았다. 백분토론에 나와서 어떤 문제에 상대방에게 논리적으로 토론하는 그의 모습을 보고 마왕이란 별명이 붙은 것으로 기억한다. 행동하는 지식인으로 많은 사람들에게 존경과 질타를 동시에 받았던 그는 후배 가수들에게는 따뜻한 멘토의 모습으로 인간적인 모습까지 겸비했다. 라디오 프로그램에서 늘 나같은 학생들의 고민에 조언해주던 큰형님 같은 모습도 보여주던 그다. 그가 죽은 날은 뭔가 나사 풀린 사람처럼 혼자 술을 마시고 절규했다.

그런 일이 있고 벌써 3년이 지났다. 시간은 금방 지나간다. 지나가는 시간만큼 그가 잊혀지는 속도도 빠를 것이다. 그러나 그가 남긴 유산은 영원히 팬들의 기억에 남을 것이다. 요새는 출퇴근시 신해철 형님의 노래를 듣고 있다. 가을이 오고 10월이 되면 나는 아마도 계속 그의 음악을 들으면서 그 행복했던 시간들을 추억하고 싶다.

"안녕하세요! 신해철 형님! 무한궤도 시절부터 좋아했던 한 팬으로써 덕분에 좋은 음악을 많이 들었고, 소신 있는 모습에 많은 것을 배웠습니다. 저 하늘에서도 편히 쉬시고, 그 세상에서도 좋은 음악 많이 들려주셨으면 합니다."

난 지금도 음악을 통해 내 영혼을 위로받기도 하고, 행복에 빠져보기도 한다. 누구나 한 명쯤은 자기가 좋아하는 가수가 있을 것이다. 아이돌을 좋아하는 고등학생 여자들만이 빠순이가 아니다. 힘들 때 좋아하는 가수의 노래를 듣고 위로가 되고, 기쁠 때 그의 노래를 통해 더 즐거워진다면 당신은 그의 빠돌이, 빠순이가 맞다. 나는 오늘도 핑클과 신해철의 노래를 들으면서 하루하루 행복하게 지내려고 한다. 그 시절 저 사람들의 노래가 없었다면 아마 내가 행복했던 기억이 더 없지 않았을까 한다. 아직도 나는 빠돌이다.

풋풋한 20살!
사랑, 두려움, 기억

테리우스 분위기를 가진 보컬 임재욱이 이끄는 그룹 포지션이 1997년 발표한 '리멤버'라는 노래가 있다. 이 시기에 나는 대학 신입생 신분으로 90년대 후반 몰아친 다양한 대중문화의 접촉, PC통신의 시작으로 새로운 가상공간 경험, 막 성인이 되어 느껴보는 자유 등이 합쳐져 이전 학창시절과는 다른 생활을 영위하였다. 고등학교 시절 처음 좋아하던 첫사랑과 헤어지고 난후 대학에 들어와서 연애에 대한 갈망이 내 마음 속에 가득히 자리잡는 시기이기도 했다.

입학 이후부터 시작되는 미팅, 과팅으로 순수한 20살 젊은이들 간의 풋풋함, 설렘 등을 느낄 수 있는 자리가 많았다. 거듭되는 실패 속에 의기소침했던 나는 다른 학교 여대생들과의 미팅자리에서 우연히 맞은편에 앉게 된 친구와 연락처를 주고받게 되었다. 처음으로 설렘을 안고 신촌 민들레 영토에서 데이트를 하면서 친해지게 되었으나, 다른 미팅에서 만났던 남자와 사귀는 바람에 고백도 못해보고 한달만에 끝나게 되었다.

차인 계기는 여자에게 남자라는 걸 어필을 못해서 그런 건지, 아직 고등학교 때 입었던 패션을 고수하다 보니 올드한 스타일이 먹히지 못했던 건지……. 지금 생각해보면 자명한 사실인데.. 왜 그때는 몰랐었는지?

이 시기에 유행했던 드라마가 안재욱, 차인표, 최진실 주연의 '별은 내 가슴에'로 서브 주연이었던 강민 역할을 맡았던 안재욱의 인기가 최고조일 때였다. 배역의 인기에 따라 안재욱의 패션, 헤어스타일등도 덩달아 유행하면서 앞머리를 붙여서 내리고, 셔츠와 정장바지로 한껏 멋을 내어 젊은이들이 따라하였다.

나도 없는 돈에 한번 따라해 보고 싶어 그 배역의 셔츠와 바지를 입고 무스로 머리로 내려뜨리고 헤어스타일을 만들어 본 적도 있다. 이렇게 차려입고 미팅에 참석하여 한껏 분위기 잡으면서 노래방에 가서 발라드를 부르면서 좋아하는 여자에게 잘 보이려 애썼다.

자주 불렀던 노래가 안재욱의 '포에버'와 포지션의 '리멤버'였는데, 아이러니 하게도 이 두 노래는 만남 보다는 이별을 말하는 노래이다. 당연히 구애를 해야 하는 입장인데, 헤어짐을 말하는 노래를 하니 상대방 입장에선 멀뚱한 얼굴로 바라볼 뿐이다. 상대방 앞에서 "나 한심해 보여도 나름대로 많이 생각한 거야." 까진 좋다 이거다. 다음 가사에서 "나 사랑했었다고 자신 있게 말할 필요는 없어." 라고 나오니 상대 여자의 눈이 휘둥그레진다. 대체 저 애는 뭐하는 상황이지? 하는 그런 어이없는 표정 안 그래도 느린 사운드에 술도 취해서 빨리 가고 싶은데, 더 쳐지는 상황을 만들었으니…… 그 다음은 말 안해도 뻔한 수순으로 간다. 혼자 30분 더 노래하다 집에 가는 상황이 연출되고 있다. 하늘을 보면서 왜 난 그랬을까 절망해본다.

이 시점에 의기소침하다 과 수업시간에 청순한 과 여자동기를 보고 혼자 짝사랑에 빠지게 되었다. 부잣집에 사는 아이처럼 청순한 긴 생머리 스타일의 여자였다. 그녀와 친해지기 위해서 커피한잔을 가지고 가면서 몇 마디 나누면서 친구처럼 편하게 지냈다. 내 마음을 표현하지 못한 채 그냥 어떻게 보면 호구처럼 그녀의 부탁은 무조건 들어주었다. 그렇게 그 친구에게 좋아한다는 이야기는 못했지만 아마 그녀도 내가 그녀에게 마음이 조금 있다는 것은 알았을 것이다. 이렇게 나의 대학 신입생 시절 1학기 생활이 끝나가고 있었다.

학기가 끝나고 여름방학이 시작되었다. 친구들 모두 각자 집으로 가니 학교는 텅 비었다. 나도 집근처서 아르바이트를 시작하였다. 패스트푸드점과 식당에서 각각 날짜를 나누어서 시작했다. 그 여자동기도 집근처에 있는 놀이공원 아르바이트를 한다는 소식을 듣게 되었다. 일을 하면서 그래도 한번은 이야기를 해야 할 것 같았다. 어린 나이에 내 나름대로 작전을 짰다.

손 편지를 쓸까 하다가 그렇게 글씨를 잘 쓰는 편이 아닌 것 같아 포기했다. 대신 한글 프로그램에서 필기체를 선택하여 나만의 러브레터를 완성했다. 편지만 달랑 주기가 애매해서 내가 만든 햄버거를 같이 가져다 주는 작전을 짰다. 아르바이트를 마치고 무작정 편지와 나오기 전에 바로 만든 햄버거를 가지고 놀이동산으로 향했다. 그녀에게는 당연히 이야기를 하지 않고 무작정 향했다.

놀이동산에 도착하여 그녀가 일하는 곳으로 물어물어 찾아갔다. 사실 그녀가 일하는 곳이 어디인지도 몰랐다. 방학하고 나서 그녀에게 연락해본 적은 없었다. 같이 다니는 동기들에게 물어서 근황을 알았던 것뿐이라 지금이나 그때도 참 무모하게 시도하는 것은 달라진 게 없었던 것 같다. 일하는 곳에 도착했더니 그녀는 보이지 않았다. 거기서 일하는 다른 분에게 물어봤더니

"오늘은 ○○ 씨 쉬는 날입니다. 확인해 보시고 오시지 연락 안 해보셨어요?"

이런 낭패가 있을 수 있는지……. 가는 날이 장날이라고 헛걸음했다. 그래도 일단 온 거라 편지와 만든 햄버거는 내일 그녀가 오면 꼭 좀 전해달라는 이야기를 하고 놓고 왔다. 며칠 후 그녀에게 연락이 왔다. 먼저 온 연락이 처음이라 놀라고 당황했지만 한편으로는 기분이 좋았다. 그러나 그 기분도 몇 초 가지 않았다. 그때는 삐삐로 소통하던 시대라 그녀의 음성메시지를 듣고 바로 지워버렸다. 바로 기분이 우울해졌다. 그랬다. 차인 것이다……. 그냥 친구로 지내자는 이야기였다. 사실 그땐 내가 봐도 여자에게 어필할 수 있는 외모도 아니고, 재력도 없었다. 그냥 순수하게 좋아하는 차원에서 이야기를 해본 건데 참 씁쓸했다. 시간이 지나고 지금 생각해보면 참으로 풋풋한 시절로 행복했던 추억이다.

냉정과 열정 사이

31살의 나는 그 해에 두 번의 이직을 했다. 사회 생활 5년차에 접어들면서 계속되는 야근과 철야근무에 지쳐 갔다. 이성을 만날 여유도 없었지만, 시간을 내어 미팅과 소개팅을 하더라도 잠깐 스쳐가는 인연만 생길 뿐이었다. 그러다 우연히 보게 된 영화 〈냉정과 열정사이〉!

이탈리아 피렌체에서 그림을 복원하는 일을 하는 남자 준세이와 오래된 연인인 아오이와의 만남, 헤어짐을 반복하면서 다시 우연히 재회하는 이야기를 그리고 있다.

현실의 장벽으로 인한 서로의 오해와 믿지 못하는 상황에 대한 실망등이 반복되고, 결국 이별을 하게 된다. 그 후 10년이 지나서 서로에게 연인이 있지만 두 주인공은 서로를 잊지 못하는 상황이다. 10년 동안 너무 좋아했던 애증의 관계였는지… 그것보다 두 주인공이 늘 가지고 있던 생각은 둘의 사이를 갈라놓을 수 밖에 없었던 현실의 벽과 서로를 불신하게 만든 오해 등으로 늘 냉정하게 상황을 바라본 것이었다.

아오이의 30살이 되는 생일날, 피렌체의 두오모에서 다시 만나자는 약속을 지키기 위해 다시 피렌체의 두오모 성당으로 가게 되고, 그 약속을 잊지 않고 있던 아오이와 다시 재회하게 된다. 영화를 보면서 저런 사랑을 과연 할 수 있을까? 라는 생각이 들었다. 외로움을 홀로 끝까지 견디며 냉정을 택했던 아오이와 마지막까지 현실에 냉정하고자 했으나 마지막에 아오이를 사랑하기 위해 열정을 택했던 준세이… 이런 상황이라면 나는 과연 냉정과 열정 사이에서 어떻게 행동했을까?

냉정이고 열정이고 뭐고 그냥 포기했을 지도 모르겠다. 살면서 10년이 넘게 좋아하는 사람을 잊지 못하다 다시 재회하는 그런 경험도 과연 있을까라는 상상도 해본다. 물론 주위에 보면 20살에 만나서 20년 넘게 만남과 헤어짐을 반복하다 결실을 맺는 지인도 본 적은 있다.

나도 3번 정도 정주행하며 보았지만, 볼때마다 새로운 느낌이 든다. 화면에 빠져서 본 적도 있고, 그 둘의 감성이 나이가 드니 이해가 되는 부분도 있다. 영화를 보고 나니 다시 또 저런 사랑을 해보고 싶다는 생각을 하게 되었다.

생각만 그친 채 일상은 다시 바쁜 일에 파묻히게 되었고, 참을성이 부족했던 나는 6개월의 짧은 근무 기간만 마치고 사표를 던졌다. 그리고 두 달간 몸과 마음을 다시 추스르면서 친구와 동남아 여행도 다녀오고 나서 새 직장에 다시 들어가게 되었다.

새 직장에 들어가고 나서 후배의 소개팅으로 한 여자를 만나게 되었다. 원래 후배의 학교 여자후배를 만나기로 했다가 그 후배가 거절하고 대신 자기 회사 옆에 앉아있는 여직원을 소개해준다고 했다. 그렇게 해서 후배에게 연락처를 받았다.

"이번 주 토요일에 시간 어떠세요?"

소개팅을 할 상대방에게 연락을 했더니 흔쾌히 괜찮다는 연락을 받았다. 그렇게 토요일 오후 강남역 늦은 오후 소개팅녀를 만났다. 오랜만에 소개팅이라 긴장도 되고, 옷차림도 어떻게 나갈까 하다가 가을이 깊어가는 무렵이라 세미 정장 스타일로 나갔던 것 같다. 약속장소에서 10분 정도 일찍 나가서 어떤 이야기를 해야할 지 또 고민하면서 기다렸다. 소개팅녀가 온다. 처음 인사를 나누고 카페에 가서 이런저런 이야기를 나누며 서로에 대해 알아가는 과정을 가졌다. 나쁘지 않는 감정으로 저녁을 먹고 다음날 영화 보러 가자고 애프터 신청을 했다. 내 안의 열정이 다시 살아나는 느낌이었다.

또 흔쾌히 허락하는 그녀와 일요일 오후에 코엑스에서 만나기로 했다. 오랜만에 느껴보는 열정이다. 다음날 낮에 만나서 서점 데이트와 영화를 보고 헤어졌다. 만나면 만날수록 괜찮은 느낌이 든다. 다음에 한번 더 만나서 괜찮다면 고백 타이밍이다. 다행히 나와 그녀의 집은 반대지만 회사는 같은 동네 두 블록 차이에 있어서 상당히 가까웠다. 주중 저녁에 퇴근 후 저녁을 같이 먹자고 했더니 또 흔쾌히 허락한다.

그 날 저녁은 오뎅바를 갔다. 술을 주거니 받거니 하면서 이런 저런 이야기를 한다. 그러다가 한마디 툭 던졌다.

"우리 한번 만나봅시다. 사귀는 건 어떨까요?"

"네! 그래 봐요!"

또 흔쾌히 대답을 한다. 아마도 이 둘은 열정에 사로잡힌 거 같은 분위기다. 그 날 이후로 우린 연인이 되었고, 남들이 하는 데이트를 하면서 싸우기도 하면서 잘 만났다. 그러다가 어느 날 나의 잘못으로 한번 헤어짐을 당했다. 그 날도 어린이 대공원에서 잘 만나고 있던 날이다. 한 바퀴 공원을 둘러보고 잠 벤치에 앉아서 이야기를 나누다가

"오빠하곤 잘 맞지 않는 거 같으니 그냥 여기서 그만두는 게 낫겠어!"

"갑자기 왜 그런 이야기를?"

그날의 그녀는 상당히 냉정했다. 나는 갑자기 왜 그러냐고 계속 반문하던 터였다. 냉정했던 그녀는 2~3번의 자기의견을 말하고 집으로 가버렸다. 갑자기 이런 일을 당한 나는 너무 당황하고 놀랐다. 어떻게 해야할 지 모른 체 일단 무거운 발걸음으로 집으로 돌아왔다. 아무리 생각해도 이렇게 헤어질 수는 없는 생각에 몰래 카페 하나를 빌려놓고 마지막으로 꼭 한번 보자는 문자를 남겼다.

냉정해진 그녀에게 답이 없을 줄 알았지만 그녀는 그 날 카페에 나를 만나러 나왔다. 나는 마지막으로 그녀를 붙잡으려고 카페 안에 플랜카드와 풍선도 달고 와인 한 병, '다시 만나고 싶다'라는 편지까지 준비했다. 효과가 있었는지 다시 그녀와 만날 수 있었고, 상황은 급반전되어 결국 결혼까지 할 수 있었다. 그렇다. 지금까지 그녀는 지금의 내 아내이다. 열정도 많고 또 상당히 현실적으로 냉정했던 그녀와 열정만 많은 나와의 스토리는 아직도 현재진행형이다.

아버지와 그리고 나

날씨가 좋은 어느 날 머리가 덥수룩해 보여서 단골 미용실을 찾았다. 안내를 받아서 미용의자에 앉았다. 오랜만에 앉아서 거울을 통한 내 모습을 보았다. 일단 머리를 어떻게 자를지 고민하기 시작했다. 짧게 자를까? 조금만 다듬어서 다음에 올 때 파마를 해볼까? 그런 생각을 하다가 문득 내 얼굴을 보니 피부가 많이 상했다라고 느껴졌다. 그 다음엔 내가 나이를 많이 먹긴 먹었구나 라고 느끼니 기분이 멍해졌다.

벌써 우리나이로 40살이 되었다. 흔히 40살이 되면 이젠 웬만한 세상의 유혹에 넘어가지 않는다는 불혹의 나이라고 한다. 나는 유혹에 잘 넘어가는 것 같은데……. 정말 그런지 모르겠다. 머리를 깎으면서 어릴 때부터 지금까지 내가 살아온 과정들이 머릿속으로 지나가고 있다. 정말 힘들었던 기억, 최고로 좋았던 순간 등이 한 장면 장면처럼 파노라마로 지나간다.

어릴 때는 빨리 어른이 되고 싶었다. 어른이 되면 할 수 있는 걸 자유롭게 하고, 부모님의 간섭을 받지 않아도 될 것 같았다. 매일 듣는 잔소리에서도 벗어날 수 있고, 뭐든지 다 내 마음대로 할 수 있을 것 같았다. 실제로 어른이 되었다. 정말 하고 싶은 것도 자유롭게 할 수 있고, 더 이상 부모님도 옛날보다 뭐라 하지 않는다. 다 맞는 말 같았다. 하지만 거기에 따른 내 책임까지 생각은 하지를 못했다. 어릴 때는 뭔가 실수하거나 넘어져도 부모님이라는 방패가 있어서 그 책임을 지지 않아도 되었다. 그러나 어른이 되다 보니 내 나름대로 책임을 전제로 자율적인 내 인생을 살게 된 것뿐이다.

아버지가 40살 시절에 나는 13살 초등학교 6학년 학생이었다. 우연히 내가 가지고 있는 가족 앨범에서 지금 내 나이와 같은 아버지 사진을 보았다. 내 얼굴보다도 훨씬 동안으로 멋진 양복을 입고 계셨다.

40살의 아버지는 참 무서웠다. 오로지 명문대만을 외치고 무조건 공부를 잘해야 잘 사는 인생을 살 수 있다고 믿으셨다. 나는 그게 당연하다고 믿었다. 그러나 커가면서 그게 스트레스가 되어 과연 그 인생이 무조건 좋다고만 생각되지 않았다. 물론 공부를 잘하면 좋은 회사에 가서 돈 많이 벌면서 사는 인생도 나쁜 건 아니지만, 나는 그렇게 될 자신이 점점 없었다.

40살의 내가 되어보니, 내가 생각한 인생은 하루하루 성장하는 삶이 진정 중요하다고 생각된다. 어제까지 잘못된 삶을 살아왔어도, 조금은 부족하게 살아왔어도, 오늘부터 조금씩 나만의 모멘텀을 찾아서 무엇이든지 실행하여 하나하나씩 성장해 나가는 인생이 더 멋지다고 생각되어진다. 40살의 아버지가 그렇게 나를 키워서 지금의 내가 있다고 생각한다. 내 인생을 책임져 주시는 아버지를 개인적으로 존경한다. 다만 인생을 살아가는 방식에 대해서 그때의 아버지와 지금의 나는 다르다.

초등학교 6학년 시절 서울로 전학 가는 문제로 한동안 아버지를 원망했다. 아버지가 공부를 잘해야 한다가 하시는 이야기는 늘 잔소리로 듣고 반항했다. 대학을 가서는 전공문제로 부딪히고, 군대는 또 미군이 주둔하는 카투사나 장교로 복무해야 나중에 잘 된다고 말씀하셨다. 하지만 나는 아버지 말씀을 한 귀로 흘려 들은 채 대학의 전공도, 군복무도 하고 싶은 데로 했다. 그래도 아버지는 침묵하신 채 내가 하는 대로 그냥 조용히 지켜봐 주셨다. 그 시절에는 내가 아버지를 이긴 줄로만 생각했는데, 그것이 아니었다. 돌아보면 아버지는 다 내가 잘되라고 인생을 더 먼저 사신 선배로써 사랑하는 아들에게 말씀만 전하신 것을 이제 이 나이가 되어보니 이해를 하게 되었다.

그렇게 대학을 졸업하고 사회생활을 시작할 때도 여전히 아버지는 대기업 등 규모가 있는 회사를 들어가야 좀 더 편하게 살 수 있다고 했다. 여전히 아버지 말은 듣지 않고 작은 설계회사에서 사회생활을 시작했다. 나는 빨리 취업해서 돈을 벌고 싶었다. 집안 사정도 그리 넉넉하지 않았고, 더 이상 아버지에게 손을 벌리고 싶지 않은 이유에서였다. 하지만 또 직장도 망하고 여러 이직을 하면서 지금의 나이가 되니 사회라는 곳이 정말 무섭고 만만한 곳이 아니라는 것을 깨닫게 되었다. 아버지는 그것을 미리 겪고 아들인 내가 본인이 힘들게 했던 경험을 하지 말라는 의미에서 말씀하신 것일 뿐인데.. 내가 그것을 이해하기까진 참으로 오랜 세월이 지나야 했다.

결혼식을 하고 나서 아버지를 뵈러 집으로 갔다. 오랜만에 아버지가 주시는 술 한 잔을 받았다.

"결혼 축하한다. 앞으로 잘 살아라!"

"네. 감사합니다. 아버지."

술 한 잔을 받고 났는데 갑자기 감정이 북받쳐온다. 눈에는 이미 눈물이 조금 맺히더니 펑펑 울기 시작했다. 지난날 아버지에게 반항하고 잘못했던 순간들이 주마간산처럼 지나갔다.

"아버지, 죄송합니다. 꺼이꺼이… 제가 너무 잘못한 게 많습니다. 죄송합니다……."

아버지 앞에서 그렇게 서럽게 눈물을 흘리며 지난날의 내 잘못을 쏟아내고 용서를 빌었다. 아버지는 아무 말도 없으셨다. 괜찮다 하시며 좋은 날 이제 그만하고 가족과 함께 밥을 먹자고 하셨다. 아버지는 늘 언제나 나와 함께 곁에 계셨다는 것을 그제야 알았다. 결혼할 때 까지도 아버지에게 도움을 받았고, 자라면서 모든 순간을 아버지의 지원이 없었다면 지금의 내가 있었을까?

자식을 낳고 부모가 되어봐야 부모님의 마음을 헤아릴 수 있다고 했다. 나도 그랬다. 아이를 낳고 키워보니 아마도 아버지가 어릴 때 느꼈던 감정들이 하나씩 이해가 되기 시작했다. 살면서 내가 행복했던 순간마다 아버지는 늘 내 뒤에 키다리 아저씨처럼 계서주셨다. 그렇기 때문에 내가 그 행복했던 순간들을 즐기면서 지금 다시 추억하고 있지 않나 싶다.

얼마 전 오랜만에 부모님과 여동생 가족, 우리 가족이 제주도로 휴가를 떠났다. 아버지는 손자, 손녀들과 같이 이곳저곳을 돌아다니시며 연신 웃으신다. 아마도 내 생애에 아버지가 가장 행복한 순간이 지금이 아닐까 싶었다. 평생 우리 가족을 위해 헌신하시고 아직도 사회생활을 하시는 아버지에게 한 마디 남긴다.

"아버지! 이제야 아버지의 깊은 사랑을 알게 되었습니다. 지금까지 잘 키워주셔서 감사합니다. 그리고 존경합니다. 사랑합니다. 앞으로 오랫동안 제 곁에서 영원한 인생 선배로 남아주세요. 아버지 덕분에 제가 행복하게 잘 살 수 있었습니다."

에필로그

지난 기억을 더듬으며 내가 지금까지 살면서 행복하고 즐거웠던 순간의 이야기를 적었다. 그때 당시 바로 즐겁고 행복했던 시간들은 지금도 추억하면 참으로 기분이 좋아진다. 우울할 때나 힘들 때 이 추억들을 떠올리며 다시 한 번 인생을 살아가게 하고 일어나게 하는 원동력이 되기도 한다.

인생을 살다보니 이제 가장 중요한 것이 지금 행복해야 한다는 점이다. 늘 미루다가 그때 가서 즐거운 시간을 가져야지 하는 것은 어불성설이다. 지금 이 순간순간에 집중하여 즐겁게 행복하게 보내야 한다. 그것이 쌓이고 쌓이다 보면 결국 미래 어느 시점에는 이 순간을 또 추억하며 살아갈 수 있는 힘이 되지 않을까 한다.

오늘부터라도 작게 소소한 일상에서 즐겁고 행복한 일을 찾아보고 그것을 마음껏 누려보자. 그것이 채워가는 시간들이야말로 행복이라는 또 다른 이름으로 여러분 앞에 나타나지 않을까 한다. 내가 가장 좋아하는 지인의 블로그 글 마지막은 항상 이 말로 끝이 난다.

"지금 행복하십시오!"

지금부터라도 행복해지는 시간을 가지면서 이 책이 여러분에게 조그만 선물이 되었으면 하는 바램이다.